# 流年拾光

钟华 著

时代出版传媒股份有限公司
安徽文艺出版社

**图书在版编目（ＣＩＰ）数据**

流年拾光 / 钟华著. -- 合肥 ： 安徽文艺出版社，
2025. 1. -- ISBN 978-7-5396-8222-8

Ⅰ．I267

中国国家版本馆 CIP 数据核字第 2024987J5Y 号


流年拾光
LIUNIAN SHI GUANG


出 版 人：姚　巍
责任编辑：秦　雯　　　　　　　封面设计：李　超

.........................................................................................................

出版发行：安徽文艺出版社　　www.awpub.com
地　　址：合肥市翡翠路 1118 号　　邮政编码：230071
营 销 部：(0551)63533889
印　　制：永清县晔盛亚胶印有限公司　　(0316)6658662

.........................................................................................................

开本：700×1000　1/16　印张：13.25　字数：180 千字
版次：2025 年 1 月第 1 版
印次：2025 年 1 月第 1 次印刷
定价：69.50 元

.........................................................................................................

## —— 乡愁不老（序言）——

"人生天地之间，若白驹之过隙，忽然而已。"

出身于小镇，拼搏在城市的自己，习惯了追逐梦想、奋力前行，时间的长针从年初转到年末，心上便多了一圈年轮。不知几时，鬓间竟浸染了一缕白，光阴模糊了岁月，乡愁却像一棵没有年轮的树，从未老去。

小镇因一座石拱桥而得名，她叫钟桥，地处江南，隶属郎溪，春秋属吴越，战国属楚。境内丘陵此起彼伏，河湖星罗棋布，青山绿水交相辉映，是典型的江南鱼米之乡。

桥下那条河，始于万年前的新石器时代，是郎溪的母亲河，小镇简单至极，却不失江南古镇的烟雨空蒙。

随着年龄渐长，乡愁如酒，变得浓酽而微醺，在无数个深夜里。即便浅尝一口，也会沉沉醉去。曾经一心想要逃离的自己，越来越频繁地在梦里回到儿时的故乡。

回去了，才发现她早已不是记忆中的模样，小镇在我眼中，突然变得既熟悉又陌生。即便如此，这片土地上的日月星辉、石桥土路、只砾片瓦、一草一木，对我来说，不仅仅是风景，更仿佛一个个鲜活灵动的老友，相隔再久，再见的瞬间，我的心底还会升起无数柔情，温馨又亲近。

河依旧是那条河，桥也还是那座桥，再闻乡音，记忆像开闸的潮水，在脑海里瞬间涌起，思绪像是乘坐了时光机，一点点往前拉，回忆像丝带，越抽越长。

我仿佛看见家乡的夜空中，繁星点点，草丛边流萤乱飞，月光照在河埂上，一块一块发白发亮处，那是下雨形成的水凼。

书中记载了70后、80后拥有过的时代印记，这不仅是我曾经的记忆，也是同时代人共同的记忆。

全书共分为4个篇章：

《白驹过隙》：弯成一轮月的桥梁，倒映在清澈的河面上，青石铺成的老街上，竖着段段斑驳的砖墙。

《乡愁不老》：世间熙攘人海茫茫，思乡情一生注定断肠，浓酽如酒微醺泪光，数不尽明月夜诉衷肠。

《那年那月》：秋雨微凉一念心殇，铭记渐远独倚的凝望，岁月如梭时光流淌，透露出挥之不去的伤。

《四季流年》：一瞥惊鸿梦回故乡，炊烟斜阳青山绿水长，春生夏长秋收冬种，任时光荏苒记忆芬芳。

文中记载的供销社、录音机、货郎担、蜂窝煤、粮票、书信……这些曾在生活中为我们所熟悉的旧物和名词，渐渐成为时代的象征和缩影，若干年后，也许只有在词典里，才能找到它们的解释和身影。

有时，追忆不是停滞不前，而是在紧跟时代前进、社会发展的脚步之余，放空心情，让灵魂跟上奔跑的节奏。那些过往的岁月，连同已消失和正在消失的人、事、景、物，依旧能够每每忆起，时时回味。

依稀中，仿佛飞过无数的昨天，飞过白天黑夜，飞过流转的时间，又回到当年追逐嬉戏的自己，归来的时候，我依然是那个自在如风的少年，只是少了一些青春的容颜。

忘不掉的记忆，回不去的时光。

是为序。

# 目录

一　白驹过隙

生活中曾经有些看似不可或缺的东西，正在慢慢地消失，就像岁月更替，无法抗拒。每一段回忆，都曾经是当下，而每一段当下，则必将成为回忆。

# 桥下那条河

我出生的小镇，被一条东西流向、蜿蜒清澈的长河包围着，这条河一直静静地躺在小镇的身边，不知道多少年，自我记事起就没有干涸过。

因河上跨过一座优美的石拱桥——钟桥，所以县志上标注它为钟桥河，而镇上的人都喜欢称它为大河。

其实大河河面并不宽，站在岸边能清楚地看见对岸的庄稼和房屋，但大河很长，东西绵延了不知道多少公里。

小时候有次心血来潮，我沿着河岸一直朝东走，走了很久也没看到尽头，悻悻而归。后来又一次，沿着河岸往西走，从中午走到傍晚，还是看不到河水到底流往哪里。

尽管如此，我也不是无功而返，竟意外发现了离家约2公里有处遗址。一块石碑立在高地上，上面清楚地刻着：欧墩遗址，省级保护文物。

还记得那次没找到河的源头，我一头懊恼，又不甘心就这么回家，返回时看见石碑旁边的地里长着红薯，操起根棍子扒了两块红薯，沿着河岸走回去。

小时候不知道历史，长大了以后一查，不得了，考古人员竟然在欧墩这个地方发现过新石器时代至商周时期的文化遗物，从其出土的石

3

器、陶器数量和质量来看，欧墩堪称皖南地区迄今所发现的最大的先秦文化遗址，为研究长江下游地区的历史和先秦文化提供了珍贵的资料。

后来特意核实了小时候一直困扰着我的问题。原来钟桥河直通郎川河，而郎川河是水阳江最大的支流，水阳江则是长江南岸的重要支流。

按照人类自古缘水而居的习性，钟桥河一定在最早生活于欧墩的先人们出现之前就存在了，这条河的历史由此可见一斑。

镇上到20世纪90年代才有自来水，在这之前人们都是从大河里担水饮用。记得那时家家户户都有那种储水的大缸，齐腰深，表面褐色，里面土黄色，上面用木头盖子盖上。这个大缸还有个神奇的功能，每次母亲的切菜刀刀口钝了，她就操起刀在缸沿上刮两下，声音很尖锐、刺耳，据说这样刀又好用了。

大河离我家只隔一条马路，穿过一条窄巷就到了，很近。担水要赶早的，早晨的水质好，清澈而干净。

还清楚地记得每天天刚亮，父亲挑起一担空木桶出门，到河里挑起满满两桶水，随着父亲一走一动，他肩头挑的水也会从桶里溢出，一路洒到家。等到水缸装满了，母亲从一个搪瓷缸里拿出一小块明矾，放在缸中，过一会，就有一层杂质沉在缸底。

天亮以后，河边渐渐热闹起来，有刷牙洗脸、洗衣淘米、洗碗洗菜的，河对岸缓缓升起一轮红日，映红了河边人们的脸，大家张家长李家短，七嘴八舌一番，这里俨然是全镇的新闻集散地。随着捣衣槌此起彼落"梆——梆——梆——"的声音，美好的一天开始了。

大河在我心目中的地位，随着我年岁渐长，越发坚不可摧，即便我走遍名山大川，也觉得没有一处山水景地能够与之比拟。

看见它，我总回忆起小时候偷偷将脸闷下去，喝一口水，清凉甘甜；每天饭后去河边洗碗，用网篮兜小鱼，回家喂猫；清晨迎着朝阳，肩上搭条毛巾，嘴上叼着牙刷，卷起裤脚站在河中央洗漱。那时我总情不自禁地想起"千年老树当衣架，万里长江做浴盆"的对联。

那处开阔的河滩，一年四季，更是留下了童年无数的欢乐。

春天的时候，我们常常砍了柳条插成一圈，很多年后，竟然长成了一片小柳林；在河滩上找螺蛳空壳，扎了眼，用绳子穿起来，用来踢方格；在供销社院墙后那四个石墩上，不厌其烦地玩过家家和当大王的游戏。

河堤每年都要加固，在挖土机普及之前，都是人工挑土方。河滩的东北角有一处高地，挑土方的人集中在这里挖土。久而久之，高地渐渐成了一个玩耍的绝好场地，纵横交错的高矮土墙，隔出一格格的空间。

春天，这里简直成了孩子们的乐园，他们玩得不亦乐乎。脱去笨拙厚重的冬衣，我常在这里苦练"飞檐走壁"，但玩得最多的还是占山头和打仗的游戏，类似于现在的"真人CS"游戏。

夏天，脱了鞋踩着软软的泥，沿着河岸线摸长形和椭圆形的蚌壳，和哥哥用泥围起一个个坑洼，一前一后拿着盆舀出水，运气好真能逮到不大不小的鱼。哥哥用细的柳树条从鱼嘴处穿起来，傍晚时分，和我一前一后提回家。

太阳渐渐西沉，刚好照到一半的河面。一群男孩子，每人只穿了条裤头，迫不及待地跳进河里洗澡。大河里顿时跟煮饺子一样，一眼望去，都是脑袋。

稍大的，往河中心游去，站起来，水面也不过齐胸；半大不小的，身上套个轮胎内胎，在水上漂来漂去。会水的，鼻子一捏，猛扎下去，在前方不远处的水面上冒出来，头上还顶着长长的水草，用手将脸上的水一抹，像河马一样，左右摇晃着脑袋，头发里甩出一片水珠。

小不点们也早已按捺不住，穿着裤头趴在岸边的泥地上，翘起脑袋，两只胳膊不停地往后划水，脚丫子也不歇着，"扑腾扑腾"打着水花，典型的"狗刨式"。不一会，河底的泥浆被搅了上来，河水一片浑浊，完全成了黄色的泥巴浆子。

此时，拱桥附近是最热闹的地方，有几个调皮胆大的孩子，站在桥栏杆侧面，往河里跳，溅起大片水花。且不说这种跳水的潜在危险有多大，就桥身到河面的距离，至少也有两层楼高，看见孩子们跳水，大人们惊愕不已。

安子哥住在桥头，每天傍晚下河洗澡总是最积极，光着上身站在一边，早已摩拳擦掌，跃跃欲试。怎奈站在桥上往下一看，他心里顿时像揣了只小鹿，两股战战，不敢跳，沿着桥栏杆外侧走一圈练胆，还是不敢跳。最后，他想出一个办法，站在桥墩边缘往河里跳，总算体验了一把河水瞬间淹没身体的感觉。

过一会，闻声找来的阿姨，一路气势汹汹，满脸怒气，边走边叫嚣："安子，你给老子上来!"

水里的小伙伴们老远看见，一阵嬉笑，通风报信："安子，你妈来咯!"

还沉浸在跳水豪情里的安子哥，一脸紧张，迅速起身，裤头里的水哗啦啦，从大腿两侧漏了下去，起来得太快，水流将裤头整个往下拉。安子哥两手拎着裤腰，光着脚往家的方向跑去。阿姨抱着衣服在后面一边疾走，一边咬牙切齿，满脸愠色，嘴里骂骂咧咧："你个小讨债的!你个小讨债的!"

秋天的时候，偶尔一群鸭子游过，上百只鸭子齐刷刷地游向一个方向，瞬间有黑云压阵的感觉。

鸬鹚是只有秋冬季节才能见到的。一般是捕鱼人挑着一个两头翘尖的长形东西，像船不是船，两只鸬鹚各立一边，一共四只。捕鱼人将鸬鹚放进河里，这家伙会飞，也会游泳和潜水，在水里翻腾一阵，飞到主人身边，捕鱼人一把抓住它的脖子，鱼就会被它从口中吐出来。

最喜欢初冬的河面，水面氤氲，雾气蒸腾，映着朝霞，宛如仙境，非常美。赶上天冷有雾气的时候，浓雾中有时看不到河岸，河水自东往西，一直是流动的，所以记忆中极少有冰封河面的景象。

镇中心位置，东边有个岔道，那就是河堤，往前不到五十米，就能看到河床，呈 S 形朝东弯去。河对岸是一片农田，河这边是镇上的小学和中学，我在这里度过了八年时光。

河堤边四季都是景，春有鲜花夏有流萤，秋有野果冬有暖阳。

印象中有个流浪汉常年蜗居在河堤附近，不知姓氏，只知道镇上人都叫他老鬼。老鬼本是有家的人，据说祖上家业不菲，祖宅在当地都算显赫之所。到老鬼这代家道中落，他四肢健全，好吃懒做，卖光了家底，流落街头，以桥洞为居所，河堤是他眯眼晒太阳的地方。

记得静静小时候不听话，我就总是拿老鬼来吓唬她。静静小我八岁，叫我小姨，这个我看着长大的小屁孩，记性极好，说起我的童年趣事来如数家珍。

在物资匮乏的时候，很多东西都会变得很纯粹。比方说童年，那种快乐是数十年后即使拿着上万月薪，吃着鲍参燕翅也体会不到的。

大河也有让人惆怅生悲的时候，每年的梅雨季节，雨能滴滴答答下一个月。河里的水位不停上涨，有时候一夜就能涨四五个台阶的高度。

20 世纪 80 年代，小镇经常发生洪涝灾害，差不多隔个两三年水就会淹到马路上来。

有年水大，家里都被淹了，我还清楚地记得舅舅划着木船来接我们一家。当时家门口的那条省道也看不见路面，俨然成了河道。

舅舅站在船中划船，母亲一脸愁容，父亲神色凝重，一直回望着家的方向，哥哥在船尾拿着钓竿钓鱼。

划出镇街道的时候，才能看到大水的破坏力究竟有多大，视线所及之处，一片白茫茫。有的村庄甚至没了顶，水上到处漂浮着垃圾和水草，一片浑黄。水域中间时不时还有旋涡，偶尔能看见房顶和树尖，提醒着人们这里是一个村庄。

河对面姨妈住的村庄叫河湾，此时它也完全成了一座岛屿。

在舅舅家住了近二十天，我亲眼看见飞机盘旋在上空，往村口的空地上投救灾食品和衣物。饼干和方便面，成了那个艰难时期鲜见的美味。

以至于在很长一段时间里，我经常做梦看见白茫茫一片的水面，还是幼时发洪水的景象。这条养育了我和我的祖先的河，无论是快乐的童年记忆，还是发大水时逃难的经历，注定我一生都将对它魂牵梦萦。

如今，河道经过治理，再也没有发生过洪灾了，两边的河堤也建成了公园，宽敞的水泥路面，河堤上三三两两的小花，点缀着绿色草坪。

每次回家，我都会带着女儿在河堤上放风筝，看着高高飞起的风筝和她的笑脸，我仿佛回到自己的童真年代。

我何尝不是那只风筝，钟桥就是这条线，无论我飞得再高再远，永远都被这块生我养我的土地攥得牢牢紧紧的。

秋天的清晨，我一如当年，沿着河堤缓缓跑步。朝阳升起，湖面上水汽氤氲，水牛在河滩上吃着草，白鹭立在牛背上，菜畦里油绿的青菜、紫色的豆角。农舍竹篱边，金黄色的柿子已经挂满树枝，鸭群沿着河面悠然游来，俨然一幅闲窗一梦遥的安静闲适图。

拱桥依旧屹立，桥洞老旧而深邃，河还是那条河，景色也如曾经，唯一不同的是，我已不再是当年的我。

恍惚中有那么一刻，我傻傻地分不清此时是过去还是现在。

人真是爱怀旧的动物，明明有了更好的现在，却时不时有意去寻找逝去的曾经。因为再美好的当下，也没有自己曾经的身影，唯有将时光追溯至当年，那个不谙世事的自己才会出现。

# 供 销 社

20世纪70年代，中国正处在计划经济末期，在那个物资匮乏的年代，吃穿用都分为计划内和计划外。

那时候，人们的贫富差距还不明显，市场也没有放开，没有所谓的个体户，没有超市和便利店，没有琳琅满目的商品。所有的吃穿用度均要凭票供应，买粮食要粮票，买布要布票，买食用油要油票，甚至买肉还要肉票。

自古"民以食为天"，镇上最高大上的单位是粮站，负责每季农户公粮缴纳及计划内售粮。其次就是供销社了，整个小镇上只有两家供销社，分别位于我家正对门和北侧。

母亲自小受过饥饿的苦，对粮食有本能的敏感。小时候印象中母亲最爱囤粮食，即便这样，因为家里人多，粮食总也不够吃。我还清楚记得别人送来粮票，母亲如获至宝，因为有了粮票就可以去粮站买平价粮，否则只能买高价粮。

每顿饭的餐桌上，尽管都是素菜，母亲也总能变着花样做出可口的饭菜。小时候鲜少能吃上肉，偶尔吃上一顿肉，就会开心好几天，即便如此，也并不影响我们拥有快乐的童年。

那时没有休闲娱乐的去处，没事最爱逛家对面的供销社，那里能满足一个孩子对物质的所有欲望，尽管只有看的份。当然，还有个秘密，每次趴在玻璃货柜底下我都能捡到钱，有时候是五分、两分、一分的硬币，运气好能捡到绿色和紫色的纸钞。那时候五分钱能买一颗糖，两毛和五毛对我来说无异于巨款了。

对门的供销社，是南北方向一字排开，长条形通透的门面房，一共有八间，黑色裸露的外砖墙，墙体上还清晰地印着"毛主席万岁、社会主义好、为人民服务"等大字。

南北两端各有一个正对街道的大门，三级台阶上去，地面也是砖块铺成的。有两扇小门通到后面的院落，院子里长了一排高大的梧桐和杨树，一整个夏天，聒噪的知了声不绝于耳。

院里有一排矮平房，与供销社门面房平行，这是员工宿舍，林荫庇护。小时候我最爱到这里来捡杨树叶，用叶上的柄与小伙伴们的交叉拉拽，看谁的柄先断，断者为输。

供销社八间门面，里面按日用品类别分为四个分管柜台，每个柜台各占两间房的空间。自南向北，分别是文具书籍类、五金灯具类、针纺内衣类，最北边的是布匹类。

每个柜台都是相同的陈设，整面靠墙的立式货柜，前排清一色三层玻璃货架，货架靠里的那面有推拉门，可以上锁。两个店员负责一个柜台，那时候没有手机，店员上班时一般都会搬个凳子，在玻璃柜台后面正襟危坐。有客人要看商品，店员需要起身拿，碰上总看不买的顾客，店员甩脸是常有的事。

在我记事后，镇上供销社依然存在，但职能已经削弱很多。小镇上已经有了一两家私营小店，人们购物有了其他选择。供销社的管理也日渐松散，有时候静守着一天，也没几个顾客进来。店员阿姨常常坐在板凳上织着毛衣，店员叔叔则将收音机调到合适的音量，赖以打发午后无聊时光。

位于我家北侧的供销社是专卖油盐酱醋的。这里门面大，足足有四间，房子也更高，但里面到处都是酱醋味，所以我很少到里面玩。不过房前却有一大片空地，我和哥哥常在这里滚铁环，空间大到能够让我们连续拐弯，不会停下来；或是找一块相对平坦的地方，用小刀沿着直线挖出几个小坑来，玩滚弹珠。

玩这些我向来不是哥哥的对手，但哥哥每次都还跟我玩得不亦乐乎，估计实在找不到玩伴吧，两个人玩，总比一个人玩有趣。我俩常常双手糊满了泥，口袋里装满了透明的玻璃球，跑起来裤腿呼呼有风，弹珠在口袋里也"嚓嚓"乱响。

网络上曾经一度流行"打酱油"这个词，意思是凑人数、出工不出力，或指道义上强烈关注某事，行为上却明哲保身，相当于"路过"的意思。

可在我们小时候，酱油真是打的，一口半人高半人宽的黑釉色大缸，上面有两扇拼接的木头盖子，还压了个白布包的什么东西，沉甸甸的，柜台后面全都是这样一口一口的大缸。

每每放学回家，母亲喊："晓伍，去打酱油！"

于是我屁颠屁颠地拿着玻璃酱油瓶，走到隔壁。卖货的姐姐拿着一根竹竿做的长柄容器，下端是有着底的中空竹筒，伸进缸里，再往对准瓶口的漏斗里一倒，空瓶基本满了。姐姐用抹布利索地将瓶口擦干净，拿一个烟盒叠成的有点像"妙脆角"形状的瓶塞，往瓶口一放，酱油就打好了。

那时候的盐也没有现在这种袋装的细盐，都是大颗粒的粗盐，也是要用秤称的，买盐也是我去买得最多。我捧着一个黄绿色的陶罐盐钵，往柜台上一放，姐姐用铲子铲了盐往秤上放，每次都是一斤。牙白色的盐，由于颗粒大，吃菜的时候咬到盐粒子是很正常的。

小时候很爱看书，却没钱买，印象最深刻的，就是趴在卖文具书籍的玻璃柜台上，仔细盯着一本本书。那时候做梦都想拥有一本《格林童

11

话》或《安徒生童话》，每次一放学就去看，如果这两本书还躺在那，就舒了一口气，只要没卖掉就高兴。

后来开始练毛笔字了，平时用的都是劣质毛笔，在柜台中看上一款中狼毫，天天去转。终于有一次鼓起勇气，我跟卖货的伯伯说："把那支笔拿给我看一下。"

伯伯看了看我，半天没有动，一脸鄙夷不屑的表情，半晌回了句："你买不起。"

那眼神和语气让我很多年都难以忘记。随着时间流逝，后来我定居省城，每每回家看到他都会主动问候，记忆中的不快早已完全忘怀。

小镇就那么多人家，向来没有秘密可言。谁家贫穷、谁家有钱、谁家丧葬、谁家嫁娶，基本上都是人人皆知的。总体来说乡情融洽，在粮站和供销社上班的人，优越感比较强。

也有人缘很好的，卖五金的叔叔就是。镇上无论男女老少，都亲切地叫他小鲁。叔叔家住县城，一年三百六十五天，他风雨无阻地骑着一辆"二八大杠"，往返于县城和小镇。叔叔人很瘦，皮肤白净，高个头，浓眉大眼，很帅，而且人也很热心，经常帮人修个灯修个车的。

卖布匹的沈阿姨是上海人，知青下放时来到附近乡下，在县城认识李叔叔后结了婚。阿姨在供销社售货的时候，人缘是极好的，整条街对她的评价都很高，她为人亲切随和，说话轻言细语，每次量布时会主动放一两寸给顾客，镇上的人都喜欢在她手上买东西。

阿姨有两个女儿，小女儿亮亮上学前跟着她，阿姨每天从县城骑车来供销社上班，孩子无处托管，后来放在我们家，所以，亮亮基本上在我们家长大。因为比我小，我小名晓伍，她便成了晓六。

当年，那个用铁皮水瓶盖吃饭，搬个小板凳坐门口，唱着"大海，就是我亮亮"的小毛丫，现在随着阿姨回到上海，有了自己的家，也已为人母。

亮亮始终对我们都念念不忘，每每在电话里亲切地叫母亲为妈妈，叫父亲为爸爸，已俨然成为我们家的一分子，每次见面都会搂抱着我们一起合影，临别时流泪。

到了90年代，市场完全放开，小镇沿街都是私营的杂货店、布店和五金店，购买日常用品，人们有了更多的选择。价格和地点是主要参考因素，或价格更低，或地点更便利，于是很少有人会专门跑去供销社买东西了。

供销社作为一个计划经济时期的产物，逐步削弱甚至丧失了它的功能，紧接着，店员工龄被买断，店面被承包，再后来被全部拆迁，建成商品房出售。

那片门前滚铁环、玩弹珠的空地，和院里的一排杨树，随着那两排门面房一起消失殆尽，取而代之的是拔地而起的商品房，和房里的主人——一张张陌生的面孔。

每年春节回家，我都情不自禁地在门前那条路上伫立良久，看看对面，看看北侧，脑子里像是装了台播放机，往日的时光又慢慢浮现。当一段记忆变得无处安放的时候，那种无奈和失望的心情总想找到发泄口。

供销社，这个被刻上时代烙印的产物，承载了父辈和我们太多的记忆，现已消失得干干净净。若干年后，可能只有在词典里才有关于它的解释和痕迹。

# 西门老街

正坐电脑前敲字，"叮咚"一声，跳出来一条微信消息。

"姐，写篇文章纪念西门老街吧，快要拆了。"是晓六，字里行间透出一股无奈，都能想象出她的嘴角往下撇，满脸不高兴的样子。

"好。"我沉默半晌，脑子里闪现出当年西门老街的景象。

其实何止是西门，在全国各地，这种现象比比皆是，一边是城市建设发展、拆旧建新的需要，一边是人们对老街区的不舍，生活了大半辈子，见证了几十年时间的街区，突然有一天没有了，有种记忆断片儿的感觉。

这种矛盾的心情我能理解，因为我每次回家的时候，一面欣喜于家乡日新月异的变化，一面内心总有一丝怅然。熟悉的道路、街区早已消失得无影无踪，眼前呈现的是无数个相同模式的城市缩小版，而这些充满现代化气息的建筑和街道，已完全没有我记忆中的身影和味道。我从一个土生土长的小镇人仿佛变成了彻头彻尾的外来人，那种无法割舍的怀旧情愫，在内心中突然变得无处寄放。

老街位于郎溪县城西南方向，其实就是一个十字街，在 20 世纪，这里曾经是郎溪县城最热闹繁华的商业中心。过了新建街西侧的丁字路口，往南直走，有一条小巷道，这便是老街了。

街道比一个车道略宽，两边还交错种着粗壮的梧桐树，蜘蛛网般的电线缠绕着，从树枝叶间穿过。路面铺着清一色的六边形地砖，走在地砖上，不知不觉，心中会涌起一股浓浓的历史沧桑感。

街两侧是老式的两层木制小楼，连成排的房子，翘起的檐角，多了古色古香的味道。在多雨的南方，屋子都是有屋檐的，屋檐上铺的黑色瓦片，抬头便能看见，檐下部分高出街面五厘米，是用砖块铺的人行走廊。门框占据了整面墙，老式的门板堆在门角，那时候没有卷闸门，大门都是将编了号的门板一块块嵌入门框上下的凹槽里。屋子的楼梯都是木制悬梯，从楼梯上去，二楼有的住人，有的当作仓库堆货。从街道上抬头看二楼的窗户，木制窗框像一个个鸽笼，有时还能看见窗户前面的电缆上，挂着晾晒的衣物，花花绿绿，像大大小小的"万国旗"。路口向阳的地方，还能看到墙角晾晒的马桶，红色油漆已部分脱落，显露出木头的颜色，一个半圆形的铁丝提手和竖立的圆形马桶盖一起，靠搭着墙壁。这种渐渐绝迹的日用品，跟老街一起，成了一个时代的印记。

前排一层都是门面房，房与房之间或有一人宽的巷道。巷道常年照射不到阳光，墙根处长满了青苔，穿过窄巷进去，是一户户人家，房子或面对面，或并排，或围成小院。每天早晨，巷道风口位置飘起木柴燃烧的味道，那是老街的居民在生煤炉，空气中散去的袅袅青烟，与老街一起迎接新的一天到来。傍晚，在放学的孩子们游戏奔跑的身影中，老街渐入黄昏，沉入暮色。

北街入口进去，两边铺面里的商品种类繁多，街中间的凹形位置是县电影院，后来改成了大会堂。母亲说，当年她在这里看过最新上映的电影《红楼梦》《牛郎织女》和《卖花姑娘》。母亲提起当年，显出一脸的兴奋，电影的名字也是如数家珍。

电影院门前的街道往南约一百米处，就是十字街路口，西南角一栋圆拱形三层高的门楼上，遒劲有力的五个行楷大字"工农兵饭店"，见证了这条街曾经的辉煌。按父辈的说法，当年这里是郎溪县最高大上的饭店，相当于现在的五星级豪华大酒店，谁家能在这里摆上几桌喜宴，那可是倍儿有面子的事，那时候能到这种店里吃顿饭，就是父亲口中的"下馆子"了。据说当年父亲和母亲在剧场看完电影，常进店里吃份一块五的炒面皮再回家，用现在的话来说，绝对是"小资文艺青年"。

当年的小食店大都经营面条、水饺、馄饨，工农兵饭店对面有一家馄饨铺，母亲当年常带我去吃。一张方桌四条长凳，是这种铺子的标配，一个木制台面相当于操作台；台面一侧的下方有个煤炉子，上面放着钢精锅，锅里的水烧开后，不断往外冒着白色水蒸气，旁边是一小摞四方形馄饨皮，和一碗剁好的肉馅。

馄饨都是现包的，客人点好馄饨后，坐在长条凳上等着。老板一边忙着招呼客人，一边迅速拈起一张馄饨皮，摊在左手心，右手拿了一根小木柄样的工具，末端是扁平状，像小勺又像小铲，往馄饨皮中间挑一点肉糜，左手迅速一捏，一个馄饨就包好了，动作娴熟，包馄饨的速度比我眼珠子转得还快。数好数量，下锅，不一会用一个漏勺将煮熟的馄饨捞起，放入提前调好汤的白瓷碗里，撒点葱花。碗里的馄饨个个玲珑剔透，透明的馄饨皮透出里面红色的肉馅，咬上一口，肉香在口中四溢，就着葱花的香味，我每次吃完都两手将碗高高捧起，喝得连汤都一滴不剩。

路口南边是南街，南街相对人气略低，从路口往里走有一个邮局。我还记得，南街位于路口的一侧，竖立了一个绿色邮筒，后来邮局搬走了，但很长时间邮筒都还立在路口。

路口往东是东街，县成衣厂和纺织厂当年就位于东街，后来厂子搬迁，剩下两边的商铺，以制作、售卖手工制品为主。往里走，沿街能看见老人坐在门口编竹篾农具，一根根扁平的竹篾在他们的手里绕来绕去，变成精致的农具和家用物品，有竹匾、竹筛、畚箕、稻箩、管箩、竹席、蒸笼、笤帚等等，成品在铺面内外一一展示着，小的被铁钩挂在檐下，大的则竖在大门两侧。

继续往里，隔壁或对面的位置，仔细听，有脚踩缝纫机的声音，那是当年专门量体做衣的成衣铺。现在做衣服的少了，但东街的手艺人舍不得丢掉老营生，一些上了年纪的老主顾依旧会找来，大多时候这种店铺只能接一些缝缝补补的活。

街面不远处有家木匠店，可以听到"呼哧呼哧"的声音，这是在刨木板，随着师傅推着刨子来回移动，一朵朵翻卷的刨花从刨子上滚落到地上，满屋子里都是细碎的木屑，四处弥漫着木香味。制成品除了八仙桌、长条凳这些大件，还有水桶、脚盆、板凳，甚至还有洗衣的木棒槌。

还有卖铝制品的，老板还修补钢精锅、水壶底，店铺门口、屋檐下面挂满了大小不一、各式各样的铝制品。卖铁制农具的店铺里摆满了刀具、锅铲、火钳等。这条街平日农忙的时候相对冷清一些，到了农闲时节，四处赶来的农民络绎不绝，基本上没有空手回家的。

西街的入口处，也就是工农兵饭店对面，是老百货大楼，共有两层，一楼卖烟酒、食品、针纺，二楼卖布匹。小时候穿的衣服都是量好布去成衣铺做，记忆中，百货大楼里卖的都是高档货，隔着玻璃柜台，里面摆满了琳琅满目的商品。

西街由于靠近县城最大的北大街农贸市场，堪称是当年最繁华的路段，没有之一。百货大楼往西约一百米，路南有个中药房，一股药香从敞开的大门中飘了出来。往里望去，三面墙都是高及天花板的棕黑色药柜，柜子里是一格格大小一致的抽屉，抽屉把手上方的位置，标注着药材名称，整个店面很有气势，透出古色古香的味道。再往西，有一个酱菜坊，这里常年手工制作各种酱菜、酱料。

母亲每个月要剪次头发，我也常跟着去。还记得西门理发店，两间铺面，大门敞开，左右两边各有三个理发师傅，东边清一色女师傅，西边男师傅。母亲每次找坐在最里面的那位阿姨剪，我坐在一边的长凳上等着。每次看见旁边男同志剪完头发还不走，将椅子放平，围上油布大褂躺在椅子上。师傅用热毛巾将客人的下巴、脸颊敷着，拿一把一拃长的黑色小刀，将刀刃在椅背一侧挂着的黑皮上来回荡几下，刀锋顺着摸胡楂的手指，慢慢刮干净。刮完胡子还要掏耳朵，师傅手里拿了一套工具，有镊子、耳勺、毛刷，借着照进来的光线，师傅专心除垢，客人微闭着眼睛，一副很享受的样子。

街道一隅，"鞋业商场"四个红色大字的招牌，仍保留至今，当年的商场成了卖小商品的铺面，日久经年，招牌上的红色字体，早已失去了往日的色彩，甚至部分字体已经残缺不全，但招牌上的字仍清晰可辨。廊檐顶上的圆形路灯还在，但早已和招牌一样，沦为了摆设，成为老街那段喧嚣历史的见证。

径直往西走，还有县酒厂和印刷厂。在计划经济时代，这些曾经红极一时的单位，在改革浪潮中转型整改，早已搬迁。原址门房上的名称和招牌，似乎在默默诉说着时间流逝、岁月经年。

如今，过了新建街西侧的工行大楼往南，城市的热闹和喧嚣戛然而止。曲折的老街，像是一位垂暮老人，脱落的墙壁，摇摇欲坠的木屋小楼，斑驳破旧的临街店铺，阳光从屋檐下的枝叶间射下来，安静而祥和。独自徜徉老街，看着熟悉的木屋、旧道、深巷，仿佛乘坐上了时光穿梭机，身心又回到当年。

初春的午后，沿街望去，三两个老人斜倚在门口，慵懒地晒着太阳；或眯着眼，目视前方；或有一搭没一搭地跟旁边同伴说着话。依旧住在这里的居民，大都和老街有着相仿的年龄，对他们来说，这里的一砖一瓦，见证过他们的青春韶华，老街已是他们的牵挂，成为生命中不可割舍的部分。

简简单单的"那时"二字，瞬间将时光轴拉得缥缈遥远，所有的记忆都一幕幕在眼前浮现，此时此刻，晓六和我，分别在距离老街数百公里的上海和合肥，同样牵挂着那条行将消失的街道。

每个城市都有它的历史印记，这些即将或已经消失的建筑和街道，将来只能从照片中去寻找踪迹。任何人都无法阻止时代的发展、社会的进步，老街重生，换个角度想，它是延续并以另一种生命形式而存在的。

我想，随着年龄的增长，每个人内心里，都会有这么一块地方，它虽已在现实中无处寻迹，但会永远存在于脑海里、记忆中。

因为记忆永远都不会老。

# 蜂　窝　煤

　　20 世纪 80 年代，我们家还在使用蜂窝煤炉烧水、做饭，直到后来出现了煤气罐，蜂窝煤炉才渐渐被淘汰。在那个年代，煤炉是家家必备的用具，不仅使用方便，而且经济划算。

　　蜂窝煤炉有大小之分，区分的标准就是炉膛的大小，中号可以并排放入三块蜂窝煤，大号可以并排放入三块以上，小号一次只能放一块蜂窝煤，家用一般都是小号。

　　蜂窝煤是用无烟煤制成的圆柱形煤球，一般由原煤、泥巴、木炭粉及各种助燃剂制成，之所以叫蜂窝煤，是因为外表看起来像蜂窝形状。煤球直径约十厘米，共有十二个孔，分布均匀，贯穿于煤球，上下可通视，燃烧时无烟无味，其产生的热量非常适合烧水。自我记事起，家里就有蜂窝煤炉，在很长一段时间里，它都发挥着不可替代的作用。

　　炉子，市场上专门有卖的，是用铁皮围成的一个圆柱体，小号炉直径约三十厘米，高六十厘米左右，底端有三个小脚撑住，离地三四厘米。炉腰的位置，两侧各有一个小孔，一根半粗的铁丝被拧成半圆形，两头分别插在炉腰两侧的孔里，位于铁丝的中间位置，有截长约五厘米的细长滚木穿在上面，这是煤炉的提手，滚木是为了防止铁丝勒手，很人性化的设计。

　　炉子中间是圆柱形炉膛，一通到底，直径比煤球的略大。炉膛到外壁的炉子顶端宽沿上，被一个圆形中空的铁块盖住。铁块位于炉膛的位置，有三个微微凸起的用铁浇筑的点，极好地运用了三角形的稳定性原理，这是特意为了在炉膛与壶底或锅底之间留有缝隙，以便空气流通，煤球能够燃烧充分。

炉膛是个整体的圆筒状保温层，黄褐色，用泥土烧制而成。靠近炉底约十厘米位置，有一层铁丝隔网，隔网下是空的，底下是铁皮做的托底。靠近最底端一侧的中心位置，炉壁外有一个凸起的圆口，直径五六厘米，那是风口。风口上面有个盖子，这个盖子有着重要作用，火大的时候，盖上盖子，可以将火调小，去掉盖子，火可以调大。有的风口是长方形，作用都一样，炉子燃烧需要的氧气，大抵是从风口蹿上去的，所以煤球燃烧最旺的时候，火苗都是呼呼往上蹿。

炉膛里最多可以盛放三个煤球，下面垫底的，是燃尽的煤渣，黄色泛红的泥土颜色；中间和最上层是主要火力层，当最上层的煤球由黑色变成黄色时，说明要换煤球了。夹出最下面那块，将最上层的放中间，上面再加上一块新煤，十二个孔要全部与下面的对齐。若有烧碎的煤渣，要把它们小心夹出，或是直接捅到炉底，透过铁丝网漏下去。小时候我最爱干的事，就是拿根火钳在炉底的风口里掏啊掏，掏出一堆煤渣，看着堆成小山似的煤渣，超有成就感。

封风口，我们也叫"闭（bèi）煤炉"，这是一项很讲技术的活，留的缝隙合适，加上两块煤球，炉子可以整夜不灭；留的缝隙太大，煤球不到天亮就要烧完，炉子会灭掉；留的缝隙太小，空气进不去，煤球烧不着，炉子也容易灭。每天晚上临睡前，都是母亲小心地将煤炉闭好，如果是父亲闭的炉子，第二天早上十有八九炉膛都已经凉透了。

起炉子，都是在炉火灭后父亲一大早要干的活，先将炉膛里掏得只剩下垫底煤渣；再将事先劈好的木柴平铺在煤渣上面，浇上少许煤油，点燃一张纸片，扔进去，明火遇上煤油，黄色的火苗迅速蹿上来，渐渐木柴也烧着了；然后夹块新煤撂在木柴上，拿一把破蒲扇，不停地往底端风口里扇着风，随即，连绵不绝的青烟从炉膛里袅袅升起，顺着风飘散到空中。或是干脆找个巷子，将炉子正对着巷口方向，借着木柴燃烧的火力，煤球的小孔里，不一会就透出红色的火光。

清晨的小镇刚刚从夜色中苏醒，太阳还在东边的地平线下腾挪跳跃，隐隐透出的亮映红了大片的霞光。一早赶集市的人，肩挑手提着各种新鲜时蔬和家禽鱼虾，行色匆匆，低头疾速地往农贸市场走去。镇上的男人们已经三三两两地担着装满水的木桶，从直通大河边的巷道口出来，随着渐渐远去的身影，身后的柏油路上洒下两道深深浅浅的水迹。

父亲站在巷道尽头，不时与擦身而过的人点头招呼，无人时凝神静视，看着远方，不时打个哈欠，一脸睡意蒙眬，身边是散发着袅袅青烟的蜂窝煤炉。这画面至今想来仍觉得很温馨，如这个存在了上百年的小镇，祥和而安静。

在很长一段时间里，蜂窝煤炉在我们家都用来烧开水，偶尔也熬粥和炖汤。小时候家里没有热水器，到了冬天，水温低，煤炉烧水时间很长，加上孩子又多，一到晚上，洗脸洗脚便要排队。母亲常守在炉子旁边等着水开，我们则围坐在一边烤火聊天。冬天的炉壁是很暖和的，常常洗完脚，将濡湿的袜子和鞋垫搭在铁丝上，贴着炉壁烘干，第二天一早起来袜子和鞋垫变干，还留有炉壁的余温。

由于蜂窝煤省钱，好用方便，在那个年代里，成为城乡居民最主要的生活燃料。每家每户的厨房或是家门口拐角位置，都有一个蜂窝煤炉，旁边靠墙的地方存放着一堆黑乎乎的煤球，一层层码放得有序整齐，时间久了，白色的墙壁上明显有一排黑印。

计划经济时代，蜂窝煤也是被列入计划内供应的商品，听母亲说，最早是要凭票购买的，煤票不够用的时候，她就找熟人要。全县供应蜂窝煤的只有一家单位——县煤球公司，当年这可是个牛气冲天的单位。

我还模模糊糊记得，小时候家里有个"购煤本"，每次要买煤，母亲都提前将本子攥好，买完当月的供应量后，在本子上盖个章。如果不够用，就只能买黑市煤，黑市煤价要高出两至三倍。

后来市场渐渐放开，虽然不需要凭票购买，但由于生产量远远不能满足需求量，蜂窝煤依然是抢手货。煤球公司每天机器不停歇地运转，生产出来的成品也不够卖，所以，每次家里买蜂窝煤，父亲和母亲都是一早就要动身，带上一根扁担、两只稻箩，赶早在煤球公司门口排队，等到装满煤球坐车回到家，已经是晌午了。

尽管父亲每次都小心翼翼地将稻箩里的煤球拿出来，在门角的位置码好，还是不能避免有很多因为颠簸而成了碎渣。成品都是从机器里刚出来的，还来不及晾干就被直接装进稻箩，湿气犹存，本来就有些松散，加上那时县城到家里的班车还是三轮蹦蹦车，那家伙能将坐在车厢里的人，颠得屁股离开板凳。这刚出机器的蜂窝煤，一路上的遭遇就可想而知了，上面的还好，稻箩底下三分之一的煤球基本成煤渣了。

这些煤渣，父亲也从不浪费，用笤帚扫起来，装在一个蛇皮袋里，等攒多了，就自己在家重新加工。我们家有个手工煤球机，一米长的空心铁柄，上端有个横向把手，把手上端中间的位置，还有个 T 形小把手。底端是个圆柱形模具，模具里有十二根粗细一样、长短齐平的铁棍，还有一块被钻了十二个孔、可以在模具内上下活动的圆铁饼。这块铁饼与 T 形小把手是连为一体的，上下拉动 T 形把手，铁饼可以在模具内上下滑动。

父亲将平日里积攒的煤渣倒在门前空地上，和上适量的水，搅拌均匀，将煤球机在湿煤上压下去，等到湿煤填充满模具，上端的 T 形把手便自动升起来。父亲择块向阳的地方，轻轻将模具落地，抓住横向把手，两只手齐用力，将 T 形把手按下去，模具里的煤球脱模，一个完整的蜂窝煤便做好了。如法炮制，等全部做完，晾晒半天时间就可以了。

尽管有这种补救的办法，但父亲依旧不舍得让这些一早排队买来的煤球被颠成渣，便用板车去拉。去的时候，将板车拴在三轮车后面，等到快中午的时候，只见母亲一人回来，问起才知道父亲执意让母亲坐车，自己徒步将板车拉回来。县城离家约五公里，这段路程对只是走路的人来说还能承受，但对拉着两百斤煤球的父亲来说，我心里实在不忍。

母亲到家后，又过了将近一个小时，太阳已经爬上了房顶，终于，父亲和装了两大筐煤球的板车，一同出现在家门口。父亲的脸和脖子被太阳灼成了绛红色，汗水顺着额头和两鬓流下来，在下巴胡楂处聚了密密一排，一滴滴落到地上。肩上搭的毛巾已经全部湿了，整个后背被汗浸湿，浅灰色的衬衫紧紧贴在身上。两个肩膀上，板车拉绳箍的黑色痕迹清晰可见。我不敢想象，这一路的上坡道，父亲顶着烈日，佝偻着身体，中间换了多少次肩，流了多少汗水，才将这一板车的煤球拉到家。

终于如父亲所愿，拉回来的蜂窝煤全部完好无损，一个没散。吃饭的时候，父亲微笑着告诉我们，忘了找母亲要零钱，走到半路时，口干得冒烟，实在忍不住，路过一户人家，在门口停下，进去讨了杯水喝。说这话时，父亲显得一脸轻松，脱下外衣的肩上，两道车绳勒出的痕迹已变成深红，让人心疼不已，我端着饭碗，却食不知味。

后来，煤企改革，蜂窝煤市场全部放开，每天有专门送煤上门的人，父亲再也不用赶早去县城买煤。再后来，有了液化气和电水壶，煤炉彻底从日常生活中消失了，蜂窝煤也难再见到了。

日子不偏不倚地流逝，转眼父亲已近古稀。他像一块蜂窝煤，燃尽了最美好的时光，剩下的是行将枯竭的煤渣。

年岁日渐增长，儿时的记忆在我的心中，不仅没有淡忘，反而变得越来越清晰，恍如昨日，历历在目。感谢人生中这些苦难的经历，它让我懂得了什么是真正的生活，从而更珍惜每一个今天；它让我学会了感恩，感谢身边所有帮助过我的人，不管认识或不认识的。

　　给父亲一口水喝的陌生人，也许早已不记得当年事，但于我来说，每每想起，内心便涌满了感激和温情，在我幼时的心里早已植入善念，"老吾老，以及人之老；幼吾幼，以及人之幼"。

　　让我们感恩生活，挚爱家人，如此便好。

# 货 郎 担

货郎担，也叫货郎子，这个词现在百度上还能搜到，我小时候也常见到，但现在的年轻人已经完全陌生。货郎担指的是挑着担子走乡串户卖货的人，卖的都是针头线脑和一些家用小物什。

据考，货郎担于宋代便开始盛行，从古至今，市井繁华，却有区域限制，商店大都集中在县城和集镇，对于交通不方便、商品不流通的农村而言，人们买日用品都要跑好远。货郎担给农村生活带来了便利，他们走遍每个村庄，挑着各种小百货一路叫卖，在商品紧缺的年代里，货郎担曾受到农村男女老少的极度欢迎。

一根竹扁担，毛竹被一剖两半，削尖了两头，在两端末梢处留得稍宽，以便绑上担绳不致滑落，空心面朝上，一片片半圆的竹节芯清晰可见，光面朝下，突出的竹节已被打磨光滑，中间最宽的那段，常年在肩膀的摩擦和汗水的浸泡下，变得光滑而暗黑，呈现好看的酱油色。

扁担的两头各系了尼龙绳，尼龙绳分三股紧紧扣着下面的担子，担子分为两层，下方是个四方的箩筐，供托底和放货用，一头的箩筐里放着回收来的旧物，另一头放着各种商品。箩筐上面各有一个四方形木头盒子，约十厘米高，里面有很多单个的小格子，每个格子里摆满了花花绿绿的小百货：头花、发卡、丝带、梳子、镜子、蛤蜊油、雪花膏之类，大都是女人用品，还有针线、松紧带、拉链、纽扣、剪刀、麻线、鞋面、领袖口、糖果、玩具、火柴、卫生球、锅碗瓢勺等日用百货。木盒上面蒙了一层塑料布，或是盖了块玻璃，以防止落尘，一副货郎担，俨然就是一个流动的小商店。

挑担的多半是健壮的中年男子，他穿着粗布衣服，戴着宽檐草帽，因常年日晒，肤色看起来黝黑发亮。货郎不仅吆喝，手里还有个拨浪鼓，一根小木棍拿在手里，棍的前端是一面圆鼓，鼓面两侧各有一根短绳，绳的末端系了个小圆木。走乡串户的时候，他一边轻摇着拨浪鼓，一边叫卖，足迹遍布乡村的每个角落，鼓声也响彻了村头巷尾。

父亲说货郎摇鼓也是有名堂的，进村的时候，摇的鼓点是"出动，出动，出出动"，意为唤人出来买东西，原本安静的村落，像一汪宁静的池水里被扔进一块石头，顿时激起一片涟漪，霎时间狗吠声一片。最先感知到的是孩子们，一路追逐、笑闹着，兴奋地跟在货郎担后面跑，慢慢地，越来越多闻声而动的孩子加入追随的行列。渐渐走出门来的大人也多了起来，货郎便寻个村里空地或树荫处，停下脚步，小心翼翼地将担子放下来，一边擦着额头上的汗，一边四处张望，为了吸引更多的村民，货郎便加快摇鼓的节奏，变成"嘿地隆咚，嘿地隆咚"。

随即，村民们纷纷朝着鼓声围过来。这个时候，孩子们是最活跃的，围在货郎担的周围，迈不动脚，在有玩具和糖果的那头担子边，眼睛死死地盯着，隔着玻璃，不时地用手指指点点，用央求的眼神看着大人，或是直接用手拽扯着大人的衣角。等家长付完钱，糖果一拿到手，立即塞进嘴里，一副惬意享受的样子，身边的小伙伴脸上满是艳羡的表情。

赶来的女人们将货郎担围成一圈，三五成群地一片叽叽喳喳，用手翻一翻，摸一摸，扯个二尺松紧带，买上两三个衣领、袖口、鞋面，拿瓶雪花膏，买几颗纽扣，不时跟货郎讨价还价，见还不下来价钱，便让他送根缝衣针。看见有喜欢的发饰，往头上比画，笑着问身边人可好看。一阵欢声笑语，吵吵嚷嚷，货郎担周围俨然是一个热闹的星期天早市。

等到大人们手里拿着各自挑选的商品，脸上洋溢着满意的笑容往家走，货郎也挑起担子准备去下一个村庄，孩子们和狗依然不散，一路欢快地跟着，直到将货郎担送出村口，孩子们才各自寻找其他玩的项目，"旺财"们也轻快地摇着尾巴悻悻散去。

货郎担不只是卖货，有时还回收一些废旧物品。

小时候，牙膏皮是用铅锡合金做成的，有很高的回收价值，我每次将家里用完的牙膏皮留下，攒起来，可以跟货郎担换麦芽糖吃，或是换家里缺的生活用品。

不仅是牙膏皮，还有穿坏了的凉鞋、雨鞋或球鞋底，也可以换物或卖钱。记得一次，有个熊孩子把爷爷的一只雨鞋，偷偷拿着去换了麦芽糖，糖吃完了，开始害怕了，内心忐忑不安，只能"坦白从宽"，告诉了父亲，父亲又花了两毛钱将雨鞋从货郎担那买了回来。

还有禽类的羽毛，货郎担也回收，家里每次宰杀鸡、鸭、鹅的时候，将拔下的毛特意留下，晒干收好。货郎担来时，伸手将干毛一捏，就知道是几只禽的，都是按个计价。除了羽毛，还有内脏胗里面的那层皮，每次剖胗的时候，从中间慢慢剪开，小心翼翼地将皮剥下来，晒干，甚至吃完的乌龟或鳖的背壳，晒干后，都可以回收，更别说破锅烂铁，那年头，这些物件都能卖钱或换物。

我记得很小的时候，门前还常有货郎担走过，后来随着购物越来越方便，便很少看到货郎担了，只有在外婆家时，还能偶尔听到那熟悉的拨浪鼓的声音。

镇上有家小店，店主就是挑担下乡的货郎，遇上店里生意冷清，店主还会隔三岔五地下乡去。小店临街，离我家约二十米远，在通往后街巷口的西南角位置，有一栋老式的两层小楼。一楼靠北边那间房，凸出一面墙，墙上离地一米高的位置，有扇一米长宽的窗户。窗户上下有水泥做成的凹槽，那是上木板用的，窗户两侧有卡槽入口，木板一块块卡进去，拼接起来，严丝合缝。

窗户下方有个往外伸出的水泥台面，小时候，我只有踮起脚尖，鼻子才能与台面齐平，脑袋抬得高高的，也只能看见上面挂下来的东西，将胳膊抬起，钱递进去，说出要买的东西，不一会，有人将商品和找零放在台面上。

与窗户相隔半米，便是小店的大门，进去一眼便看见右手边的曲尺柜台，柜台上半部分装的是透明玻璃，里面有团团绕绕的一堆线团和松紧带。正面靠墙有个立式木柜，上面分门别类地摆放了各种小百货。柜台前拴了根铁丝，上面挂着彩色的绸带和好看的头绳，还有彩色的折叠纸花。那种纸花现在也看不到了，合起来两侧就是两根棍子，打开可以变换成不同的形状。

店主是位比父亲还要年长的伯伯，看起来和蔼可亲、慈眉善目，花白的头发，长长的眉梢从眼角处垂下来，因常年挑担，后背略有些佝偻。平时很少见他说话，客人来买东西，不管他正在里间吃饭还是喝酒，都会立即起身，笑眯眯地招呼着，拿东西，找零钱。店里卖的商品价格公道，顾客也都是街坊邻里，所以从来没有人讲价。

每天早晨，太阳刚刚升起，朝霞映红了天，窗上的木板一块块被移到两侧，卸下，窗台上露出伯伯的脸，专注宁静的眼神，从容娴熟的动作，在朝阳的映照下，俨然一幅绝美的画面。

天色擦黑，小镇上家家亮起了灯，伯伯站在窗台前的灯光下，专心致志地拿起一块块木板，从两侧卡入槽道，直至最后一块木板装好，将夜色全部隔离在窗外。在每天重复的开与收之间，溜走了时光，留下了痕迹，伯伯由一个壮年男子变成了垂暮老人。

记得有次母亲缝被子，找不到针了，叫我去买。那时我稍大，站在窗口已经能看见里面的柜台，顿时我的眼睛被一根红色绸带吸引了，便自作主张，将买完针剩余的钱买了那根绸带。第二天起了个大早，自己对着穿衣镜将马尾辫扎得高高的，将绸带系成蝴蝶结，绑在辫子上，一路蹦跳着去上学，蝴蝶结也跟着一上一下，看着太阳下自己的影子，心也变得飘飘然。

伯伯店里还卖毛衣针，有阵子我看姐姐编织围巾手套，可羡慕了，自己也跑去店里买了一套针回来捯饬。用母亲拆下的旧毛线，学着姐姐的样子，一针一线织了根好长的带子，由于线的颜色、粗细不一样，织出来的带子也是五颜六色、宽宽窄窄，被母亲和姐姐轮番笑话了一阵，奶奶却很喜欢，拿去了当腰带。

改革开放以后，市场全部放开，交通也日渐便利，货郎担渐渐退出了历史舞台，那家小店的生意也日渐萧条，伯伯去世后，小店便彻底关掉了。

"鼗鼓街头摇丁冬，无须竭力叫卖声。莫道双肩难负重，乾坤尽在一担中。"曾经担负了一家人生活的货郎担，虽然消失于历史的陈年光影中，但他们留下的身影和足迹以及悠然响起的拨浪鼓声，却深藏在几代人的脑海里，成为抹不去的乡愁，在日益增长的年岁里，化成一道永远的记忆，变得越来越清晰。

# 通　信

网络上曾经流传过一句话：世界上最远的距离不是生与死，而是我们坐在一起，你却在低头玩手机。

如今智能科技催生出越来越多的"低头族"，他们都有一个共性，就是手机成了生活中不可或缺的一部分。话说回来，现在的联系方式确实越来越方便快捷，网络、电话、手机，一件事分分钟就能说清楚，根本无须等待。

然而 20 世纪 80 年代的时候，连电话都没有普及，年少时的我们更不知手机为何物，那时候联系基本上都是靠写信。写一封信，要等上好几天对方才能收到，等收到对方的回信，已经是一周甚至十天以后的事了。

小镇上有一个邮局，离我家不远，位于街道北头拐弯处，三间黑砖砌成的平房，坐东朝西。门前空地上有棵泡桐树，一到春天，还来不及冒出绿叶，树上便挂满了紫色的花朵，一朵朵形似古钟或喇叭，娇艳欲滴。我每天上学必经过邮局，一夜春雨后的早晨，树下落英缤纷，让人不忍踩踏。

其实从严格意义上来说，镇上的邮局只能被称为邮政便民点。这户人家姓周，一对夫妻带着一个男孩，男孩与哥哥年龄相仿，也是哥哥的同班同学。周叔叔是县邮政局的职工，镇上的这间邮政代理点便设在他自己的家里。

　　整栋房子的黑砖裸露在外，没有粉刷，这种建筑在镇上很常见，或红砖或黑砖。墙上向外凸出的门楣很有立体感，显得有些讲究，门楣的左侧挂了一个绿色邮政标志。

　　入得室内，左右两侧各有一间房，那是他们自己生活的空间，大门正对面，一扇半面墙大的玻璃隔出一个柜台，将空间分为两部分。玻璃外面是一块木制台面，台面靠近墙的位置，放着一个绿色的四方形邮筒，旁边有一个塑料器皿，盛着糨糊。那器皿应该是很久没有清理过了，糨糊中间是白色，四周已经发黄变黑，形成一圈硬痂。所谓的糨糊刷，也只是一根细长的木棍，扁形的一头插在糨糊里，手握的一头略圆。

　　柜台中间的位置，玻璃上留了个拱形的孔。有人要寄信的时候，将钱从小孔里伸进去，里面的人随之将邮票递出来，用蘸满糨糊的小木棍将邮票贴好，封口，投进邮筒里。

　　我印象中第一次写信是上小学二年级，那是给远在浙江的姑姑写信，奶奶口述，我执笔。以当时二年级的水平，应该有些不会写的字，到底是用拼音标注了还是用白字代替，我已经记不清楚了。

　　父亲就这一个妹妹，奶奶信里的内容无非是问候和思念。姑姑远嫁浙江，姑父是变电所员工，工作地点在深山里，姑姑一家平日里杳无音信，对奶奶来说，唯一能联系女儿的方式，便是一张被折叠成四方形、包在层层手帕里的白色信封，上面用钢笔写着一个位于浙江的地方。

　　我怀里揣着写好的那封信，在去上学的路上，经过邮局，买了信封和一张八分钱的邮票，小心翼翼地贴好，塞进那个比我还高的邮筒里，转身离开。从那天起，便开始天天盼望着收到回信，每天放学回家的时候，会特意拐进邮局里去，看看台面上一字排开的信件里，有没有来自浙江的。

一周过去了，两周过去了……

直到奶奶期盼的表情变成失望，变成淡然；直到奶奶见我回家竟然忘了问"阿有信啊？"；直到我刚站在邮局门口还未跨进，周叔叔便告诉我："丫头，没你的信。"奶奶不死心，唯恐信件路上丢失，让我再写，但依旧没有回信，寄出的信犹如石沉大海。

姑姑出嫁后没有来信，人也极少回来，现在回想起来，我仍是有些不能理解，即便是兄妹感情变淡，也不能不顾母女之情吧。奶奶年岁渐高，去浙江自然是很不方便。印象中，姑姑只在我上小学时回来过一次，再回来，是收到奶奶的报丧电报，赶到家的时候，奶奶已经入土，终究还是晚了一步。

年少时对写信所有的记忆便是这些。

说到电报，也是那时候的一种通信方式，相比写信的寄达时间长，电报更简单快捷。当然，这种简单是有原因的，发电报的费用按字收取，我记得当时一个字好像是五角钱，而寄一封信只需要八分，电报可谓字字如金了，所以没有特别重要和紧急的事情，人们一般不会选择发电报。

当然，也有打电话的，不过20世纪80年代电话远未普及，镇上邮局里倒是有公用电话，一个深褐色的电话机，数字键还不是手按的那种，是一种圆形拨号的数字，每拨一个数字要将对应的小圈圈划拨到底，电话费也很贵，一分钟要一两块钱。

我想，那时人们之所以大多数选择写信，远不是因为更喜欢写字，而是相对于其他通信方式，写信的成本更低，更能让人承受。

后来外出上学后，每次从家里离开返校，母亲总在送别的最后一刻，不忘叮嘱一句："到了就赶紧写信回来！"

那时候，一周一封信成为固定模式，在外读书几年里，母亲看不见、摸不着我，最期待收到我的信。每次周叔叔下班回家路过，便将信送到我家里，母亲迫不及待地打开，戴上老花镜，就着灯光，将信纸展开，一字一句地专心读着，读完一遍又一遍。床头柜的抽屉里一沓都是我写的信，母亲喜欢没事的时候翻出来看看。

偶尔我也能收到父亲的回信，开头便是：吾儿，见字一切安好！

父亲苍劲有力的字体和娓娓道来的问候，字里行间都是些家长里短，一再叮嘱我在外吃饱穿暖，照顾好自己，洋洋洒洒两张信笺，落款：父亲。瞬间感觉父爱满溢，将我的心填得满满的。

每周一封家书，写着写着便没有了素材，学习的事没什么好说，无非是想念妈妈做的饭菜，想念家里的大床、暖和的被子，讨厌吃食堂的馒头等等。

一次，母亲接到信后，原本就思女心切，加上我这么一矫情，顿时泪崩。恰逢后街一熟识的伯伯来家里串门，看母亲哭成泪人，得知原因，回家便告诉老伴。这么一传十，十传百，传到最后的版本，说小黄（母亲的姓氏）的女儿在外面上学，可怜得很，没有菜吃，天天啃馒头。

那些年，有个叫李春波的小伙子，创作的《一封家书》唱红了大江南北，看似浅白的语言，配上书信体的格式和简单质朴的民谣旋律，却唱出了游子浓浓的思念和深情，家书成为那个年代维系亲情的重要纽带。

写信这种联系方式，现在细想来，确实有诸多不便，它只能单方面表达执笔者的心情和想法，并不能达到与对方即时沟通交流的效果，即便是句简单的问候，也需等上好几天。

离家读书时，每每收到信件，不睡觉不吃饭也要拆开阅读，目不转睛，贪婪地从第一个字看到最后的落款和日期，读完一遍意犹未尽，从头再来，反复琢磨品味，生怕落下一丝信息。

现在，随着时代飞速发展，生活节奏越来越快，写信作为一种联系手段，早已成为过去式，成为一个时代的记忆，那种带着香水味道、印有暗花的竖式信笺，偶尔在书店也有售，但写信渐成文人的一种附庸风雅，目的不是写信，更像是书写一种情怀。

如今，已很少有人写信，也许若干年后，它将会和烽火狼烟、信鸽、驿站一样，被载入人类文明发展的史册，但对于我们这一代人来说，却是一段历史记忆。在青春懵懂的年纪里，因为一件事或一个人，写信和收信成为最幸福难忘的经历。

偶然间，看到一段文字：

> 从前的日光很慢，车，马，邮件都慢，一个问候，要等上好多天；从前的月光很慢，有点闲，有点懒，在一杯茶里消磨整个黄昏，在半个梦里看星星满天；从前的脚步好慢，从一个村子，到另一个村子，要走一天的时间；从前的日子很慢，很暖，裹在淡淡的烟火里，日日年年。

恍惚中仿佛回到少不更事的年岁里，踮着脚尖，将贴好邮票、封好口的信投进绿色的邮筒里，那种满满的期待也随之在心里种下。

"无论从前有多慢，无论现在有多快。我知道，脚下的土地和身边的爱人，无论从前还是现在，都要尽全力守护。"

# 老　屋

在父母一辈，甚至在当下很多中国人的心里，"老有所养，住有所居"被视为一生中最基本的生活保障。

2006 年，我第一次以自己的名义，在省城买下一套公寓，从此觉得自己在这个城市生了根，有了自己的家，有了奋斗的动力和心灵的依托。21 世纪，不知道从几时起，拥有住房竟成了丈母娘选女婿的必要条件之一，由此可见，房子是包括我在内的众多国人，避不开的生命中的重要物件之一。

儿时居住的屋子，记忆中已经没有多少印象，只恍惚记得门前有棵粗壮的大杨树，雨后常有人拿根细长的竹竿，前端绑把小刀，在浓密的树干间捣来捣去，一块块黑色或褐色的木耳菌菇便滚落下来。

记事后，所有关于家的记忆全都在一栋平房里。房子是在之前的老宅的基础上翻盖的，杨树已经没有了，父亲说，是在一天夜里被车撞倒的，一棵陪伴了老宅几十年的树，随着老宅子一起消失了。

平房共三间，坐西朝东，沿着街道两边看过去，整个镇上的住房朝向都是如此。那时候楼房几乎没有，所以不存在采光和遮阳问题，但夏天比较难熬，一大早房间便会被太阳照着，傍晚又会西晒，太阳落山前那种近乎垂死的挣扎，不遗余力地释放它最后一抹余热，等到夕阳落入地平线以下很久，房里的热气依然消散不去。

整间房子南北各一个长条形卧室，北边那间卧室，西头是父母的卧房，东头隔出一间小的给哥哥。南边的那间卧室，分别在东边进门处和里间摆放了一张床，姐姐出嫁前，我一直和她睡一张床，里间的床是给奶奶备下的。

中间是堂屋，就是所谓的客厅，堂屋被隔成两半，用来做隔断的屏风，外面堂屋那一面挂了一幅中堂，占据了整面墙近三分之一大小。中堂前是一张长条形供桌，堂屋正中间有一张八仙桌配四条长凳，典型的皖南徽派家庭摆设。

屏风后面是厨房，那时候还没有使用燃气，找来工匠砌成灶台，灶台上除了有一口大锅外，靠里面还有一个很深的烧水铁罐，经常饭烧好的同时，铁罐里的水也开始"咕嘟咕嘟"地响。灶膛背面位于灶台下面的侧边，有一个凹形空间，我们叫它"猫猫洞"。冬天的时候，湿的鞋袜或手套放在里面，第二天一早便全干了，暖暖的还带着余温。小时候家里养猫，这里一度还真的成了大懒猫晚上睡觉的地方。

对于老屋的灶台，印象最深的，就是在灶膛里面烤红薯了。将生红薯埋在冒着火光的柴灰里，眼睛一眨不眨地紧盯着微微鼓起来的柴灰，过一会便用火钳按一按，不停地将旧柴灰挪走，重新换一批带火光的，乐此不疲。直到红薯被烤得黑乎乎的，跟颗手雷一样，一敲，能听到皮脆爆裂的声音，掰开，顿时一股热气夹着香味，硬邦邦的黑壳配上黄色透亮的红薯心，让人垂涎欲滴。

厨房的南边，隔了一条通道，是粮仓。母亲自小受过饥饿的苦，加上我们年幼时经常有洪涝灾害，她有了储粮的习惯。每年的秋天，粮仓里都是满满的，存够了全家人一年的口粮。满仓的粮食必然招来老鼠，所以，小时候家里好像一直养着猫。

那只猫叫小花，曾经一度成为我和哥哥在童年时代的玩伴。那时候家里贫困，猫的口粮也好不到哪去，于是哥哥总是想方设法弄点小鱼回

37

来蒸熟了给它加餐。小花也通人性，从未伤过人，白天出去再久，晚上也必回家，每次拉完臭臭自己会用煤渣盖住，冬天的夜里，常悄悄爬进哥哥的被窝，蒙在里面睡觉，像是认准了哥哥似的，从不会上错床。

我还记得哥哥小学时有一篇作文就是写小花的，"黑白的毛发，白色的胡须，脚底下有梅花形的肉垫，走路的时候听不见一点声响"，这篇作文硬是被姐姐笑了很多年。

有一次隔壁人家往外扔了一只被药死的老鼠，被小花误食，它回来后突然浑身抽搐，满地打滚，父亲说一定是吃了不干净的东西。我和哥哥便端起一盆水，将整块肥皂溶进去，掰开小花的嘴，硬生生喂了半盆肥皂水进去，不一会便见小花开始呕吐，直到吐不出污秽物，随着嘴一张一合，吹起一个个肥皂泡。小花的状况终于稳定下来，但浑身瘫软在地，满眼透出楚楚可怜的样子，晚上母亲熬了稀饭喂它，过了两天才算痊愈。

动物与人最大的区别，便是不长记性吧，经历过此次劫难的小花，半年后依然误食毒物，这一次我们却没有能救活它。许是药性太烈，许是小花回家太晚，肥皂水已经不起作用。眼睁睁地看着它伏在地面上，垂着无力的眼睛，望着我们，身体痛苦地抽搐着，我蹲在一边哭着，看着它眼神慢慢地涣散，直到一动不动，旁边还有半盆水和溶了一半的肥皂……

父亲将小花埋在了平日里它经常撒欢的河滩上。放学的时候，我有时会特意绕到圩埂上，放眼望去，寻找河滩上那块微微鼓起的地方，一个人发呆，伫立良久。

小花在我们家待了六七年吧，自那以后老屋便没有再养过猫，父亲改用鼠夹、鼠胶和"三步倒"来对付猖狂的老鼠家族。

老屋的门槛是一块青石条，两级水泥做成的台阶下去，就是柏油公路。每天车来车往的，可想而知家里的灰尘有多大。门口左右两侧各有一个方形的青石墩，小时候最喜欢坐在石墩上看车牌，车牌前面的汉字所代表的全国省市，我在上初中前已经全部知道。待我能骑自行车的时候，青石墩还当了我的"上马石"，我直到现在仍是坐上车后才能将车骑走。

老屋的后面是一个回形小院，除了我们家的后墙外，另三面各有三户，共四间房，是镇上供销社的员工住房。

记得南边那间房是一个爷爷住的，进门最显眼处贴了毛主席和朱德总司令的像，爷爷很严肃，不爱说话，我们鲜少进那间屋子玩。

北边那间房是曹爷爷住的，他比较热情，当电视机还是稀罕物的时候，他家就有了一台 20 寸黑白电视机。每天晚上，房间里三层外三层挤满了人，甚至个矮的站到灶台上去，曹爷爷也不见恼，每天准时摆好凳子候着大家来。

正对后墙那间是朱奶奶住的，她是个爱热闹的人，也喜欢我们，做了饺子或是糕点，总不忘送点过来。院子里用红砖砌了个长形花台，朱奶奶主动邀我和哥哥在里面种花，于是我和哥哥将牵牛花栽得爬满了她家的窗台。夏天的早晨，我起床第一件事就是去院里数开了几朵花，分别是什么颜色。除了牵牛花，长势最好的要算是美人蕉，这种植物现在已经很少见了，绿色的阔叶，花朵或红色或黄色，很是醒目，还有月季花、鸡冠花、喇叭花、太阳花、菊花……整个小院硬是被我们打理得花团锦簇。

这些花都是我和哥哥分别找来种子或花苗种下的。小时候我时常跟哥哥吵架，一闹翻，哥哥就把我弄来的花移出花台，和好了以后，又让我移回来。

这一来一回，朱奶奶着急了，忍不住嚷嚷："两个小把西（小孩子）哎，花要被你们搞死了啊！"或佯装生气的样子："以后可不能搞了哦！"随即又慈祥地一撇嘴，嘻嘻一笑。

后来，供销社倒闭了，职工住房也被拍卖，爷爷奶奶们都搬离了屋后的小院，整个小院连同我们家北侧的门面房被建成商品房出售，花台也永远成了记忆。

我自记事起，所有的童年记忆都与老屋有关。由于早期大河治理不善，隔一两年就会发一次洪灾，经过数次的水泡，老屋墙根处黑砖裸露了出来，加上年久失修，屋顶上的瓦片也是千疮百孔。下大雨的时候，屋里的过道、粮仓，甚至卧房都有不同程度的漏雨，一到暴雨天，家里地上跟摆了梅花桩一样，大大小小放满了接水的盆。

1995 年，在老屋的宅基上，房子被重新翻盖了，也就是我现今回家时住的房子。楼上楼下共四间，厨房和卫生间是独立出去的，紧挨着大房，形成一个小天井，天井后面多了个十五平方米大小的独立小院，父亲在曾经相同的位置，也砌了个花台。

再后来，我在外上学、工作、结婚，有了自己的家，但每次梦见家的时候，依旧是老屋的陈设和样子。

女儿两岁的时候，我因无法兼顾家庭和工作，将母亲接到身边一起生活。在我的软磨硬泡下，父亲终于答应一同前往，但往往住一个星期不到，他便嚷嚷着要回家。母亲情况稍好，但也是失眠、焦虑，适应了半年才逐渐好转。

随着年龄渐长，孩子渐渐长大，我越来越理解父母亲的心情。

前不久看到一篇文章说道：一个地方住多久才算是家?

不知道住多少年才能把一个新地方认成家。认定一个地方时或许人已经老了，或许到老也无法把一个新地方真正认成家。一个人心中的家，并不仅仅是一间属于自己的房子，而是他长年累月在这间房子里度过的生活。

尽管这房子可能低矮陈旧，家徒四壁，但堆在房子角角落落的那些黄金般珍贵的生活情节，只有你和你的家人能共拥共享，别人是无法看到的。走进这间房子，你就会马上意识到：到家了。即使离乡多年，再次辗转回来，你也不会忘记回这个家的路。

　　老屋，即便在现实中已经不存在，但是我在心里也会一直铭记着，因为有些东西已经深入骨髓，无法抹掉。

# 电　　器

试想一下：现在的生活中如果没有网络，没有手机，没有电视，没有其他数码电子产品，我们的生活会是什么样子？

我就曾经有过这样的童年。

那时虽没有让人眼花缭乱的玩具和电子产品，但一团泥土、一把沙子可以玩上一整个下午，一双筷子可以变成一杆自制的枪，一根树杈可以变成一把弹弓，一个铁环可以在后街滚上几个来回，那种童年的快乐以及动手动脑的能力丝毫不逊于二十年后的孩子。

唯一的欠缺与不足，是对外面世界的认知和了解。

小时候，家里最早的家用电器是一台红灯牌收音机，两尺宽一尺高，四四方方的一个木盒子，四边是那种深咖泛红色的木头框，正面右下端有三个凸出的白色旋钮，分别是开关键、音量键、调频长短波键，旋钮上方是长形的音箱，收听的时候，手贴着音箱，能感受到突突的颤动。

收音机什么时候买的，我不记得了，记事起好像父亲卧室的五斗橱上面就端放着这么个东西，不用的时候用一块方巾罩着。父亲像对待宝贝似的非常爱惜，平日里根本不让我们几个孩子碰，越是这样，孩子的好奇心和探险欲望越是被激发得高涨。于是，我趁着父亲不在家的时候，插上房间门后的插销，站在小板凳上，踮起脚将这个木盒子上上下下摸了个遍。

父亲其实也很少有时间听收音机，但每天的评书节目却是从来不落，中午和晚上各一次。我还清晰地记得《隋唐演义》中秦琼卖马、瓦岗寨群雄结义、玄武门之变的故事，《三国演义》中三英战吕布、草船借箭、关羽千里走单骑、赤壁之战、长坂坡、空城计的故事，都是从这个收音机里听到的。

单田芳充满个人标志性的嗓音，配上抑扬顿挫、惟妙惟肖的演播，让人不由自主沉入故事情境中，或摩拳擦掌，或跃跃欲试。在每天故事发展的紧要处，一句"欲知后事如何，且听下回分解"，将一颗蹦跳至嗓子眼的心，硬生生又给吞了下去。不得不承认，这段往事在我的心里烙下很深的印记。

小时候每天到了评书时间，我都会端着饭碗，坐在房间门口的小板凳上，吃的什么不记得了，只记得很香，经常吃完饭抱着空碗，坐在那里只等评书结束。

后来发现，每天中午的评书时间，我家门口、房间窗户下的墙根边，蹲了一排与我年龄相仿，甚至比我还要略长的孩子。那是在镇上中学上学但中午不回家的学生，他们一个个专注聆听的神情，时隔多年我依旧印象很深刻。

1983 年，家里有了第一台电视机。

这台电视机我们家用了很多年，十三寸，黑白，品牌叫浮玉，略微鼓起的弧形屏幕，配上银灰色的塑料外壳，右侧上端是换频道的转钮，每换一次频道，伴随着"咔嗒咔嗒"的声音，屏幕或跳跃成"刺刺啦啦"的雪花点，或浮现出清晰的画面来，下端是开关机的圆形按钮。

那时候电视机是没有遥控器的，也没有接收卫星信号的功能，只有个外置信号接收天线，像个"工"字又像"十"字的金属架，被父亲绑在一根比房子还高，足足有碗口粗的毛竹最顶端，靠在房间窗户的墙边，有一根黑色的软线垂下来。

每次屏幕上雪花点多的时候，搬起毛竹左右转动，画面就能逐渐清晰起来。小时候这种转天线的事，大都是哥哥和姐姐的活，我则负责盯着电视画面，随着窗户外毛竹被搬起左右挪动，我大声对着窗户喊："再左一点——太多了，往右来一点——好了好了，别动了——"最怕遇到暴雨大风的天气，高耸的天线被刮得左右乱晃，电视画面也是忽而清晰，忽而雪花乱飞。

即便如此，电视在那个年代也是稀罕东西。

20世纪80年代的中国，社会刚刚开放，电视带给人们的远不止新鲜和好奇。

我还记得第一次播放香港电视剧《霍元甲》时，人们那种空前的兴奋和激动。一到晚上，年轻人和孩子就开始坐不住，纷纷跑到有电视的人家门口等着。

屋后曹爷爷家有台二十寸黑白电视机，这在当时绝对是高大上的。每天刚一擦黑，他家那间餐厅兼厨房约三十平方米的长形房间里，便挤满了人。

曹爷爷家的电视放在靠墙角的四方饭桌上，每次前面小板凳都坐两排，后面长板凳坐一排，再后面站两三排。来得晚的就只能站在最后面，踮着脚从人缝里看，还有个别的竟然站到灶台上。

尽管我家也有电视，但总觉得大的看起来更带劲，我也常去凑热闹。以我当时的身高，站在后面只能看见无数的大腿，电视里一响起"万里长城永不倒，千里黄河水滔滔，江山秀丽叠彩峰岭，问我国家哪像染病"的激昂音乐，原本嘈杂的房间顿时变得鸦雀无声。在很长一段时间里，这首歌成了街头巷尾老少都会哼唱的歌，每个人脸上都是同仇敌忾的神情，爆发出浓浓的爱国热情。

前不久听到这段旋律，我依旧心潮澎湃，它见证了一个时代曾经带给我们的英雄情结和民族情怀，这一生我都会铭记在心。

再后来是播放《射雕英雄传》，夏天的晚上，我们家的堂屋俨然成了一个小小放映厅。我和奶奶在最前排端坐着，回头看看后面，全是黑压压的人，一直站到我家门槛外面的街道上，估计即便是看不到电视画面，听着声音也是开心的吧。

有一段时间，每次和哥哥打闹的时候，他都要用"降龙十八掌"对付我，两只胳膊在胸前一阵乱绕挥舞，嘴里还嘟囔着"嗨哈嘿哈"的声音，十有八九，他均败在我的"九阴白骨爪"下。我还曾经自制过沙袋，捆在小腿上，在一处凹陷的沟里站稳后，往上跳，名曰"练轻功"。

直到 20 世纪 90 年代家里换了彩电，那台十三寸的黑白电视机才光荣下岗。

上小学的时候，父亲有一天从外面带回来一台长方形的机子，比收音机小、薄，两边能看到两个圆盘，我一眼认出这是音箱，中间有一个透明方盒，方盒下面有六个按键。父亲跟变魔术似的，从口袋里掏出一个四方形薄的小塑料盒，打开一看，里面是中间带两个眼的小盒，眼的四周有一圈圈咖啡色筷子宽的东西缠绕着。将小塑料盒放进机子里卡住，按下右边第二个按钮，便有声音响起。父亲告诉我们这叫录音机，放进去的叫磁带。最奇妙的是，这家伙不但有播放功能，还有倒带、快进、快退、录音的功能。

录音机对家里人的吸引力好像没有电视那么强，除了姐姐。母亲认为太吵，父亲只喜欢听戏曲磁带。我还记得姐姐不知从哪买来张蔷的磁带，封面纸上的张蔷顶着爆炸头，嘴唇抹得猩红，姐姐甩着被母亲称为"鸡罩"的大喇叭裤，伴着快节奏的《走过咖啡屋》《一阵恼人的秋风》《千言万语口难开》的旋律，身姿轻盈地做家务，一边优雅地操起扫帚，一边唱着："风呀风呀请你给我一个说明，是否她也珍惜怀念这一段情，风呀风呀不要去得那样匆匆，请你为我去问一问她的芳名。"

后来有一盘磁带——迟志强的《悔恨的泪》，不但风靡大街小巷，也成了我们全家最受欢迎的歌曲，开篇的独白我几乎闭着眼都会背：

> 人生最大的悲剧莫过于失去自由，人生最大的痛苦莫过于失去亲人和朋友。我没有响亮的嗓音，也不具有动人的歌喉，但我有一颗诚挚的心。在这美好的夜晚，我要介绍这首我心中的歌，奉献给我的亲人和朋友。我曾站在铁窗前，遥望星光闪闪，那闪闪的星光就像妈妈的眼睛一样，让我低下头来悔恨难当。

母亲喜欢它大抵是因为在那首《铁窗泪》中，浪子在狱中的悔恨和对母亲的思念，以及母亲对儿子的谆谆教诲，触动了同为母亲的她的柔软内心。还有那首《十不该》通俗易懂，脍炙人口，曾一度成为传唱率最高的一首歌。

时间久了，录音机也会出故障，有时候会卡带，咖啡色的带子在机子转轴上被卷得乱七八糟，要拿根铅笔或筷子，伸进磁带眼里，顺着同一个方向不停地转动，直到卷紧，我很喜欢干这活。

姐姐则喜欢找一盘旧磁带，将自己的声音录下来，唱一段黄梅戏或是歌曲，完了倒带播放，听着机子里传出自己失真的声音，一顿大笑，乐此不疲。

我外出上学后，这些曾给我童年带来快乐的电器，慢慢被更换或弃置，有的甚至坏掉扔了。随着科技飞速发展，人们家中的电器性能越来越先进，这些曾经高大上的家电渐渐稀少，最后成了古董。

一次，带女儿到离家不远处的一家餐厅吃饭，整个餐厅装修得复古而不失个性，店门口一台旧电话、一台旧木钟，配合着旁边躺卧的大石块，上面刻着醒目的"光阴的故事"，瞬间心中有块柔软仿佛被人触碰。

　　进到店里，一部半新的二八大杠自行车，立于墙壁橱窗内，座位后面放了一台旧收音机。我停下脚步，紧盯着那台收音机，瞬间觉得穿越了一般，记忆被拉回到那个年代。

　　女儿看着我，不解地问："妈妈，自行车后面那个盒子是什么啊?"

　　我的视线没有离开橱窗，回答道："那是收音机。"

　　看着她一脸惊诧的表情，我嘴角微微上扬，若有所思道："妈妈小的时候，家里也有一个，每天就用它来听故事。"

　　"哦。"女儿似懂非懂地看着我，点点头。

　　五岁的孩子还不能理解时代对大人心理的影响，但她至少懂得：在妈妈的心里，这个东西曾经很重要。

　　草木一秋，人生一世，每一段过往都将成为不可怀念的远行。

　　我们走过的岁月像极了时光坐标轴，那些逐渐消失或已淘汰的物件，或人或事，无疑是那坐标上的一个个点。正是它们，串起这些忘不掉的记忆和曾经，始终镌刻在心里，令人时时想起，温暖了岁月，温暖了几代人。

# 集　　市

镇上每天最热闹的，就是早晨的集市。

那时候还没有所谓的农贸市场，供销社是唯一的商贸中心，所有赶早市卖东西的人都在社门口的公路边一字排开。天亮以后，街上的人渐渐多起来，问价、还价、吆喝、剁肉声此起彼伏，一整条街都在沸腾。

除了几个固定摊位，比方卖肉的常年有肉案在那放着，卖干货的有系上伞的大石块摆着，卖水果的有空筐垒堆着，其他摊位都是机动的，谁来得早谁用，也不用交任何费用。

每天天不亮，就有各村的人挑着沉甸甸的筐子，拎着满满的竹篮、水桶开始占摊位。卖的都是当季的新鲜蔬菜，春天有整齐扎好的香椿头，有根部还带着泥土的竹笋，夏天有豆角、丝瓜、黄瓜、韭菜，秋天有刚出泥塘的整节莲藕，冬天有白菜、萝卜、芫荽、蒜苗。冬天相对来说农事不忙，有农户卖自制的粉丝、酒酿、咸菜、豆酱，纯手工制作，味道很正宗。

还有卖煮熟的红薯，用水桶盛着，上面搭一条毛巾，毛巾掀开，红薯挨个在里面躺着，热气腾腾。以前的红薯大都用来做粉条，所以淀粉含量高，吃起来比较面。粉红色的皮，剥开是白色的瓤，个头也不大，不像现在的红薯这么大这么甜。对我来说，红薯是当年最美味的东西，从早上起床后，我就开始在街对面搜罗，专门找搭着毛巾的水桶，吃的时候噎得脖子伸老长，都舍不得喝口水。

我家在供销社正对门，用现在的话来说，位于黄金商圈。出门靠右手隔壁有一个开水炉，大锅炉底下常年烧煤块，锅炉正前方有两个开水阀，阀门嘴用白色纱布包了一圈，五分钱一个筹——筹是木片做的一个小长条，一个筹可以打一瓶开水。看炉子的奶奶爱抽烟，常年系条看不出颜色的围腰子（围裙），从脖子上挂下来拖到膝盖，上面好多洞，那是奶奶抽烟打盹的时候烟头烧的。

开水炉对面是镇上唯一的一家茶馆，三间平房，门是那种整面墙全敞开式的。那时候还没有卷闸门，所谓的大门，是一块块长条木板拼接起来的，在门头上挖出门槽，一个大门八块门板，左四右四，中间两扇带门闩，可以开关。

每天光顾茶馆的都是中老年男性，茶费按人头算，最早是一毛钱一位，茶点另算，续杯免费。一张八仙桌，四条长凳，三五个人坐一圈，店主开始沏茶，最早都是用碗喝茶，后来才用茶杯。姐姐就曾经在茶馆里干过沏茶的差事，月工钱五块，由于常穿一件绿色上衣，那些喝茶的老头都喜欢叫她小翠。

褐色的大叶片在碗里泡开，香气扑鼻，茶客们轻抿一口，开始抽烟、吹牛。烟雾弥漫，咳嗽声此起彼伏，上至国家大事、天文地理，下至家长里短、鸡毛蒜皮，可谓"家事国事天下事，事事关心"。遇到意见相左的，争得面红耳赤唾沫乱飞，甚至大打出手，也是常有的事。

茶过三盏，吹牛吹得饿了，外面临街就有卖早点的，两根油条、一盘五香豆，或是一盘卤菜，早饭就相当高大上了。那时候油条和五香豆，只有姨奶奶来我们家，我才能吃得上的。

哥哥小时候性格内向、温顺，有点结巴，下雨天的时候坐在门槛上，背靠着门框，跟母亲说："是是……是我长大了，要每天上上……茶馆，切（吃）卤菜。"以至于在年少时很长的一段时间里，上茶馆吃卤菜，成了他的人生目标。

约十点钟以后集市便陆续散去，卖东西的担着空的筐、篮，一脸满足，茶馆的男人们也大都回家了，留下一地烟头。

我家门口左手边有一棵杨树，约一个成人环抱一圈那么粗。这棵杨树夏天里绿树成荫，由于供销社位处正东，到下午的时候就会直面西晒，那些有固定摊位的人就会从对面挪到树荫下来。夏日的午后，太阳光是白色的，明晃晃一片，让人睁不开眼。

小镇上的黑色柏油路被晒出一股沥青味道，在空气中四处弥漫。路边缘的地方有沥青被晒融化了，亮晶晶的，行人过往的时候，一不小心就被沥青粘住了鞋子，赤脚踩在晒得滚烫的石子上，发出"啧啧啧"的呲嘴声。

街道上除了来往的车辆，偶尔有行人走过，卖干货和水果的大妈们，脸被晒成古铜色，在树荫下软绵绵地摇着蒲扇，脖子上搭条已看不出颜色的汗巾。除了高高的杨树上，知了在不遗余力地嘶叫，整个午后基本安静下来。

夏天里，我从不午休，躺在家里最宽的那条长凳上，一边看小人书一边卖茶。用一个底部印有大朵牡丹花的搪瓷脸盆，抓一把茶叶放进去沏开，再用三个玻璃杯盛满琥珀色的茶水，盖上方形玻璃片，一字排开放在小桌上，伸出门去。那时候还没有瓶装饮料，这种大碗茶很受路人的欢迎，解渴又健康，五分钱一杯，我每天都能卖掉一盆，攒下的钱新学期交学费。

小时候爱看书，那时候没有绘本，也没有漫画书，只有横开本的小人书，内页是大幅图片，下面配有两三行的文字。印象中，《三毛流浪记》被翻得破烂不堪，但仍旧爱不释手。家里最多的就是小人书，多是大姐平日里代母亲打理生意时，用抠下来的私房钱买的。小人书可谓题材丰富，传记类的有《岳飞全传》，名著类的有《红楼梦》《西游记》，神话类的有《女娲补天》《夸父逐日》，战争类的有《青春之歌》《吉鸿昌》……

当时，我们家的藏书在全镇来说也是数一数二的，总共有百十来本。时间久了便有人来借，但大都借出去就再没送回来过，后来要看只能在我家看，不再借出。大姐自小就有经商头脑，在门口支起一个竹床，把小人书放在上面，按题材平铺摆满，租！薄本看一次两分，厚本看一次五分，家门口每天都围满了放学的孩子。

后来有了电视机，孩子们都迷上看《花仙子》《聪明的一休》，小人书不再那么风靡，家里的书时间久了，落了一层薄灰，有的甚至被虫蛀。大姐出嫁以后这些小人书都是我在打理，隔段时间我就将它们全部拿出来晒晒。再后来，我外出上学，小人书也越来越没人看，父亲用一个蛇皮袋把它们装起来，放在角落里。我不忍，又重新翻出来捆好，将它们带在了身边。

陪伴了我整个童年时光的小人书，算是我的启蒙教育书。在那个信息闭塞的年代，一张破报纸都会看上半天，这些书在我心目中的地位由此可见。

如今看着包装精美、琳琅满目的儿童读物，孩子们往往因为选择太多反而无法选择，完全体会不到抱着一本小人书看上半天一天的那种纯粹的快乐。

镇上除了每天正常的集市交易，还有一种大型的集市，叫赶会场，每年的春秋季各一次，岔开农忙时间，分别是农历二月十五和十月十五。每季会场的前一天下午就陆续有占摊位、搭棚售货的，大都是附近乡镇和县城里的商户，所卖之物吃喝穿用，一应俱全。

正式开始的日子也是人流量最高峰。一早天刚亮，摊位的货物一一摆放好，七点一过，赶集的人陆续从四面八方过来，九十点钟，进入第一波高峰，下午两三点，是第二波高峰期。两股人流分列街道两边，摩肩接踵，缓缓移动。

这种集市上什么都有的卖，五花八门，衣服鞋子、床单布匹、农具百货、花木零食，还有剃头、补锅、套圈、打枪的。最早的时候，河滩上还有水牛卖，那时农业还没有实行机械化，一般是一个生产队供养一头牛，用作耕田翻地。

小时候逢上赶集，我最喜欢看捏糖人，琥珀色的糖稀在卖糖人手里神奇地变成各种形状，央求母亲买一个，拿在手里兴奋地一边走一边舔。还有种乳黄色的麦芽糖，要用细钢锯切开来卖，甜倒是甜，但特粘牙齿。每次一到赶会场，我前后都会激动好几天，跟着人流东看西看，其实兜里没有钱，但就是来回地逛，不愿意回家。

工作以后，很不喜欢逛街，都是有目的地买完东西就走，再也没了小时候逛集市的兴致。如今，我的生活已完全被打上城市的烙印，彻底远离了那个小镇，身边越来越多的大商场，刺眼的射灯，独立的商铺，精美的装修，化着精致妆容的店员，自己却少了购物的欲望。

听母亲说，每年小镇的赶会场还有，但商户和赶会场的人不像以前那么多。小镇的街道变宽了，但路边早已不摆摊，有了集中统一的农贸市场，还有上下两层共几千平方米的大型超市，人们的选择越来越多，完全不必在赶集那天再去购物。

随着社会进步，时代变迁，越来越多老旧、过时的东西渐渐退出历史舞台。然而任凭岁月过往，那些往事却永远铭记在心，不能忘怀。

# 洗　　澡

春节回老家，去舅舅家拜年，不禁感叹近些年来农村的巨大变化。

儿时对舅舅家的印象已无迹可寻，门前一到雨天便泥泞无比的土路，被水泥路代替，老房子都不见了，全被换成了新房。屋前的水井还在，但井盖已是锈迹斑斑，自来水早已经通到家里。屋后的那棵香椿树也不见了踪影。与新房配套的生活设施一应俱全，现代化的厨卫系统更是令我咂舌，抽水马桶和太阳能淋浴器成为农村家庭的标配。

想起母亲说起她小的时候，在农村洗澡可是个问题，特别是冬天，没有暖气没有淋浴。不过人也很聪明，发明出一种叫澡锅的东西。

所谓的澡锅，就是用砖块垒成的一个类似灶台一样的高台，前面有烟囱，后面有灶膛，台面上留了一个圆形的洞，放上一口大铁锅，锅沿与台面齐平，平台用水泥抹平或是贴上瓷砖。

洗澡的时候，锅里放满水，在灶膛里添柴火烧，水烧热后，人坐在锅台边，用热水蘸湿身体，洗着洗着，水的温度越来越低，再让人添把柴加热。给孩子洗澡，多半是将孩子直接浸在锅里，底下垫上一块浴锅板，这样就不会烫着小屁屁。试想一下，那种场面一定很滑稽。

在澡锅里洗澡，是母亲曾经的记忆，而我自记事起，家里就看不到这种设备了。

在我小的时候，有个家家必备的洗澡神器，叫洗澡帐子，现在被称为浴罩。洗澡帐子是用很薄的彩色透明塑料做成的，有两米来长，顶端封死，底端敞开，呈长条形的圆筒状。帐外顶端的位置，用 X 形的大木夹子夹住四个角，天花板上牵根挂绳，用的时候将木夹挂在绳上，帐子底端拖到地上，将澡盆包在里面。

澡盆也是很特别的，那时塑料制品还不普及，家里的澡盆都用木头做成。托底的是拼接木板，被打磨成直径约一米的圆形，沿着底部四边，将长宽一样的木条竖起来，拼接并围边，这样，木条的长度便大抵是盆的高度。分别在底部、中部和盆口处，用铁丝箍紧，在盆口对角的位置，装上一对半月形的把手，方便端拿。

父亲当年从爷爷那里学过一些竹木手艺，所以家里的澡盆都是父亲自己做的。新木盆做好后不能直接使用，要刷桐油，刷一遍，阴干，再刷一遍，再阴干，如此反复刷了数遍后，桐油浸透木板表层，才能确保盛水的时候不会漏。

当然，凡事都有例外，记得那时每次洗完澡，母亲都要求将盆放在门口晾干，有时就忘了拿回来，经过太阳一晒，风一吹，盆不漏水才怪。刚开始洗不觉得，但洗着洗着盆里的水越来越少，地上的水却越来越多，最离谱的时候，澡洗好了，盆里的水也没了，自己也不由得哈哈大笑。

我家当年就有个粉红色的洗澡帐子。冬天的时候，每次洗澡前，母亲将洗澡帐子夹住、挂好，木澡盆被塞进帐子底部。将冒着热气的水倒进盆里，塑料一受热立马变得鼓胀起来，底下掖好，防止热气跑出来，整个浴罩的内壁蒙上一层薄薄的水雾，变得不再透明。现在看来，有点类似于桑拿房，坐在这样近乎封闭的空间里，再冷的天洗澡也不觉得冷。

童年时代总是好奇又贪玩，每次洗澡的时候，对浴罩的兴趣远远超过洗澡本身，盘腿坐在澡盆里，抬起头，仿佛置身于半透明的钟罩里。

此刻的浴罩，看起来有种磨砂的效果，用手指轻轻在内壁上写字，随着指头的方向，雾气凝成水珠，滑成一道道水迹，字迹清晰可见，那时候写得最多的是：某某某大坏蛋！

时间长了，水温渐渐变凉，没有足够的水蒸气可以撑起洗澡帐子，原先鼓胀的澡帐开始收缩，帐内空间也慢慢变小。塑料上的薄雾凝成了水珠顺着内壁滑下来，形成清晰的水迹，先是一条一条，很快成一片一片，直至重新变回透明状态。一个不小心，整片塑料贴上后背，一阵彻骨的凉意，赶紧收了玩心，迅速出浴。

洗澡帐子用完，要整个翻过来，将湿的那面挂起来晒干收好，以备下次再用。

再后来，小镇上有了澡堂，于是洗澡帐子光荣下了岗。

澡堂位于镇公社大院的西北侧，开在一户居民房里。民宅共两层，整个一楼都是澡堂，左边男宾，右边女宾，中间正对门的位置，是收钱卖票的柜台，兼卖毛巾、香皂等洗浴用品。

刚有澡堂那会，镇上还没通自来水，水源是从大河引来的。镇上那所唯一的中学，紧挨着澡堂的东南边，穿过中学操场，便是河埂。在河埂的内侧坡道建了座水塔，一根长水管沿着河滩直接伸进河道，水塔用红色砖块垒成。小时候我常趴在墙洞边往里窥看，但洞口太小，什么也看不见。

整个小镇就这么一家澡堂，一到冬天的时候，生意好到不行。从早上十点钟开始，一直到晚上天黑，客人络绎不绝，傍晚是客流量高峰时段。我很少一个人去公共澡堂洗澡，大都由母亲带着。冬天天黑得早，到了晚上六点钟便亮灯了，我和母亲走到公社大院转角处，就闻到空气中弥漫着一股浓烈的味道，那是澡堂特有的湿气、香皂与煤气混合的热烘烘的味道。

付完钱，往右边女宾室走去，掀开一道厚重的门帘，瞬间便有窒息的感觉，这样封闭的空间，缺氧是肯定的。放衣服的地方，也就是所谓的衣柜，半米多高，是连成一长排的木柜，中间用木板隔成一格格独立的小柜，每一格的长宽约有五十厘米，四四方方，顶上有一块活动木板，掀开，我整个人可以站在里面。

澡堂里间，只有一个长方形的水池，四边用水泥砌成约一尺多宽的台面，人们围坐在池子四周洗澡。有一扇四方形小窗户，蒙着厚厚的塑料布，白天的时候就靠这扇窗透亮。到了晚上，池子上面的天花板上，牵下来一只昏黄的白炽灯，原本灯泡瓦数就不高，被热气这么一蒸腾，整个狭窄的空间变得雾气氤氲，即使面对面，也难以看清对方的脸。顶上的天花板是水泥板搭成的，升腾的水蒸气在上面冷凝成一个个小水珠，有时正洗着，水滴突然落到后背、脖子上，身体一阵发凉，打个激灵。

池子的水不是恒温的，有时洗着洗着，水会变凉，便有人传话出去："水冷咯！"不一会，只听见池子靠近墙壁的位置，传来"咕嘟咕嘟"的声音，这便是在加热了，加热是添加煤块。澡堂大门的西侧有一个偏房，里面堆满黑色的煤块，这些一块块黑得锃亮的煤，可是那个年代里最好的燃料。

"咕嘟咕嘟"持续响一会，池子里的水温也逐渐升高。我在这种缺氧的空间里顶多只能待二十分钟，时间久了便不能呼吸，觉得头晕恶心，浑身乏力。出了池子后，要在衣柜上坐好几分钟才能缓过神来，出澡堂大门时，连走路都觉得轻飘飘的，重新吸入户外的空气后，整个人才觉得慢慢活过来。

后来，我离开了小镇，因工作需要，在各个城市间忙碌穿梭，冬天的时候，偶尔也会去澡堂洗浴，澡堂在城市里有了另外一个名称：浴室。进到浴室，看不见那种公共的大水池，墙边立着的，是可调节水温的淋浴喷头，更先进、卫生。浴室里有专门给人搓澡的工人，搓澡工熟练地在防水的皮床上铺一层保鲜膜，客人躺在上面，全身搓一次十元。还有的客人，搓干净后重新躺上去，搓澡工将一袋牛奶倒在客人身上，推拿按摩，那种场面至今想来，仍觉得很怪异。

隔了这么久，回想起小镇的浴室，依然觉得窒息。如今城乡家庭早已普及了热水器，算起来，我有十多年没进过浴室了。

小镇上的澡堂早已关门停业，河埂旁边的那座水塔却依然还在，任凭风雨飘摇，仍坚强地屹立在那里。不知不觉，它竟也成为小镇进步的见证，成为一个时代的缩影和产物。

这些已然老去的生活方式、逐渐淘汰的生活习俗、无迹可寻的生活用品、落后陈旧的社会设施，在历史发展的潮流中，终究会面临更新换代的命运。

即便是现在生活质量的提升，抑或是城市的变迁与发展需要，都不能磨灭老事物带给我们的感触，因为人的内心世界里总会保留一些，在生活中看似微不足道，在记忆中却是至关重要的东西。

二　乡愁不老

草木一秋，人生一世，每一段过往都是不可
复制的经历。那些渐行渐远的时光，终将成为回
不到过去、到不了未来的记忆。

# 过年（上）

　　小时候最盼望的节日莫过于新年，"新年到，新年到，穿新衣，戴新帽，小朋友们哈哈笑"……

　　每年一进入腊月，年味就越来越浓。喝完腊八粥，大人们开始陆陆续续准备年货，打年糕、砸糍粑、做米糖，这三件都是体力活，都是父亲负责的事情，要赶在腊月二十三小年前完成。

　　镇上唯一一家粮油加工坊，就在我家屋后的后街中段。从一扇大铁门进去，里面是一处宽敞的院落，正前方左手边有一长排南北向的平房，这里分两个操作间，榨菜籽油和打年糕就在这里。

　　右手边一排东西向平房，是碾米的地方，里面横着一台两间房长的机器，常年传出"轰隆隆"的声音。里面糠屑乱飞，空气污浊，负责操作机器的人全副武装，只留两只眼睛露在外面。

　　院墙最里面是镇上的电厂，电厂里有变压器和配电房。整个院落中心是一块空地，平日里还好，一到腊月，院里的人络绎不绝，都是镇上及附近的乡民。碾米做糕，随处是排长队的人，空地上摆满了稻箩扁担。

　　负责给加工坊看大门的是一个吴姓大爷，花白的眉发，说话间夹着浓浓的江苏口音，见人就微笑，一副慈眉善目的样子，人们都叫他老吴。红姐当年学骑自行车的时候，曾经连人带车钻进老吴家的八仙桌下面。老吴正坐桌边打瞌睡，半睡半醒间，被突然冲进来的人和车吓了一大跳，随即便微微笑，也不见恼。

整个腊月里，我和哥哥最喜欢在加工坊的院子里转。谁家年糕打好了，软软糯糯的长条，整齐地摊放在竹床上，晾在院子里，因为黏性强，刚打好的年糕要凉了才能带回去。哥哥和我站在冒着热气的年糕旁边，有时是老吴，有时是打年糕的主人，掰上一条递给哥哥，哥哥再分我一小半。我们开心地躲到角落里吃，其实那算不上美味，不甜不香，还特粘牙，但在没有零食的童年里，这段记忆也是很温馨难忘的。

炸炒米，也是家家户户年前必备的，每年都是镇上老宗的固定营生，他家位于我家南边不远的桥底下。老宗一年里只有腊月才会在家门口操起家伙什，不分昼夜地炸上两个礼拜。

一个四方形风箱，连着铁皮炉，低矮的炉膛里烧着火红的煤块。火焰在老宗拉风箱的一推一拉间，变得跳跃起来，炉子上横架着一个黑乎乎铁葫芦样的锅，有一个手柄可以旋转炒锅，米花就在里面。

摇了一会，老宗站起身来一声喊："响啦！——"

胆小的孩子们立刻捂起耳朵，老宗操起炒锅，往旁边特制的长布口袋里一套，脚一踩，左手按住，拿锅的右手往上一提，"嘭！——"的一声响，一股热烟腾起，只见那长口袋一鼓，早有人用脸盆在另一头接着，白花花的炒米就从口袋里倒了出来。

母亲提前称好两斗米，用瓷盆装好，我便和哥哥一起欢呼雀跃地往炒锅处跑去，早有大人孩子在那簇拥着。我们用瓷盆占位排好队，开心地看着老宗不紧不慢地摇着那个裹满黑烟的铁葫芦。

赶上一声喊"响啦！——"，一边的大人笑着问道："响（想）谁啦？"

老宗说："想老马子（老婆）啦！"

"哈哈哈——"周边响起一阵快乐的笑声。

我向来是最怕那声"嘭——"的，每次都用手将耳朵捂得紧紧的，眼睛还舍不得离开葫芦锅。直到布袋鼓起，哥哥早用瓷盆接住白白圆圆的炒米粒，抓一把迫不及待地塞进嘴里，一边咬着一边吸溜鼻涕。

一过完腊月二十三，家里的事就多了。

二十四"掸阳尘"，即扫尘，由父亲领头并分配任务。父亲拿着一根长柄鸡毛掸，将天花板上的蛛网、灰尘扫掉，我和姐姐则负责门窗擦洗，将上一年贴的对联的痕迹也要悉数去除干净。

二十五的时候，母亲每年按惯例要炸圆子。一早开始剁肉末，掺上豆腐、碾碎的米花和小葱，搓成一个个滚圆的圆子，挨排放在竹匾里。午饭过后，烧起油锅，屋里溢满香味，这时候我一般哪也不去，待在厨房里只等圆子起锅，吃得嘴油肚饱。圆子母亲每年是必炸的，即便现在也是如此，元（圆）宝，预示着来年的好年景。

后面三天里大都是置办年货：杀鸡割肉，购买春联、鞭炮、香烛、黄表纸。

小时候家里孩子多，条件差，但每到过年时，父亲总想尽一切办法给每个孩子添身新衣服。新衣新鞋是早早就买好或做好的，只是年前一概不上身，偶尔翻出来看看摸摸，又收好。

除夕前一天，家里所有人都要洗澡沐浴，男孩要剃头。"有钱没钱，剃头过年"，整个正月里是不能剪发的，年前剃头正是寓意着新的一年"从头开始"。

母亲一般要在这一天包饺子，因为皖南的年饭大都是晚餐，要等家里人全部聚齐后再吃年饭，而且是炒菜、煮米饭，吃完饭又要看春晚，所以从没有除夕包饺子的习惯，都是提前一两天包好、蒸熟，留着守岁的时候当作夜宵。

每年的除夕当天都是最忙的，早饭和午饭都不会特意做，母亲所有的准备都为了下午四点钟那顿年饭。

父亲一早起来就开始做糨糊，舀上半勺面粉，用水稀释了，放在锅里加热，一会就变得黏稠起来，待放凉用来贴对联。

从上初中开始，每年的除夕我有了固定的任务，就是写对联。除了大门对联是买的，其他像卧室、厨房、后院的对联都是我写的。父亲买来一整张红纸，裁成条，我一上午窝在房里，倒上墨汁，一阵挥毫。什么"天增岁月人增寿，春满乾坤福满楼""人和家顺百事兴，富贵平安福满堂""春归大地人间暖，福降神州喜临门"等等，横批配上"春回大地""物华天宝""国泰民安"。除了对联，还有四个字的竖联，像厨房要贴"水星高照"，猪圈要贴"六畜兴旺"，鸡舍要贴"鸡鸭成群"，粮仓要贴"年年有余"。

想起来一件好玩的事，镇上一个不识字的熊孩子帮着大人贴对联。父母一个没注意，结果发现"六畜兴旺"被他贴到爷爷床头，"鸡鸭成群"被贴在了爸妈房门上。

对联我只管写，贴则全由父亲负责。父亲一手端着面糊，一手拿柄毛刷，刷一层面糊打底，然后小心谨慎地将对联贴正，用手掌轻轻摁实，在边角处再用毛刷轻点，贴好。

每年写对联剩下的红纸，父亲都会裁成三厘米宽、八厘米长，或更小的小纸条，将屋前屋后栽的桂花树、枇杷树，甚至花花草草也挨个贴上一遍。母亲看不惯，觉得纯属浪费时间，父亲则认为花草也要过年。

父亲就是这样一个外表强硬，看似大男子主义十足，实则内心充满童真，做事一丝不苟的人。

中午之前，孩子们换上新衣新鞋，在门口追逐打闹着，除了过年带给他们的兴奋之外，脸上还洋溢着炫耀显摆的表情。平日里车来车往的街道，此刻也变得异常安静，无论是客车还是货车，都不见一辆。

从十一点开始，陆陆续续有鞭炮的声音，此起彼伏，这是谁家在过年了。吃年饭前是必须要放鞭炮的，一般都是以二踢脚开场，满堂红收场。

每年除夕，父亲都要先祭祀祖先。

堂屋长条形的供桌上，正中间摆放着一大两小三只香炉，香炉两边是烛台，插着两根粗大的红烛。中堂中间的底部，大香炉正前方位置，贴着我写的"天地君亲师位"的红纸黑字。

祭祀的饭菜也是有讲究的，要凑够九个碗，有荤有素，有鱼有肉，鱼必须是未去鳞的红烧鲤鱼，有头有尾，叫"碗头鱼"。八仙桌共四面，每一面放两盏白瓷小酒杯，倒满酒，放着两碗饭、两双筷子。摆放完酒、菜和饭后，父亲在燃烧的红烛上点燃九根香，朝着大门外作揖，嘴里念念有词，然后往三个香炉里各插三根。

父亲做这些的时候，孩子、老人和母亲都要待在房间里，不能出来。我忍不住好奇，每次都会躲在房间透过门缝往外看。

祭祀结束后，碗桌都收掉，母亲在厨房里又是一阵忙活，将我们要吃的饭菜都热好。年饭里加了些许红豆，且特意要多煮，故意剩下，寓意着来年的日子红红火火，年年有余。

哥哥和我早已经站在门口，捂着耳朵，看父亲将一个个二踢脚放在门前地上，用一根点着的烟头，点着捻子。炮捻冒火星的时候，父亲赶紧闪回来，只听见身后"咚——啪——"的炸响，二踢脚直直地蹿到半空，随即在空中炸成两半变成碎屑散落下来。

八个二踢脚后，是两百响的"满堂红"，哥哥早已迫不及待，跃跃欲试，将盘曲的鞭炮在地上拉直铺开。随着炮捻的火星四溅，一阵"噼里啪啦"的声音，伴着腾起的红色纸屑和浓烈的硫黄味，旧的一年在孩子们的欢呼雀跃中渐行渐远。

吃年饭的时候，家中所有的成员要全部上桌，饭前要统一举杯，父亲向来滴酒不沾，所以这种情景在我们家是鲜有的。母亲给我们挨个倒满果汁，亲自给我们夹菜，气氛轻松愉悦，但我们都不敢随便说话。直到上了中学以后，我才懂得每年这个时候起身举杯，是为了祝福父亲母亲身体健康。

席间红烧圆子是每个人必吃的，意为团团圆圆。女孩子要吃鸡翅膀，寓意长大会梳头，男孩子则吃鸡爪子，寓意长大会挣钱。

我在外工作那几年里，每年回家吃年饭的时候，母亲一边给我夹翅膀，一边说："不管飞得多远，都要记得回家看看。"

虽然早已过了"父母在，不远游"的时代，母亲也理解我做出的任何决定，但每每听到席间的叮嘱，我内心依旧会泛起一阵酸楚。

吃完饭，父亲便将炭火盆烧着，一家人围坐在电视机边，等着看春节联欢晚会。母亲挨个给孩子们发压岁钱，金额一样，都是留了很久的崭新、连号的纸钞。我像宝贝一样地收在衣服的最里层，或是藏在枕头或被子底下，生怕被哥哥偷拿了去。

每年除夕都是父亲守岁，小时候的我从来都是一过了十点，就躺在床上和衣睡着了，哥哥姐姐用煮熟的饺子也唤不醒我。

在夜里十二点的时候，父亲会再放六个二踢脚，用鞭炮声迎接新的一年。

而我早已沉入梦乡，从旧年睡到新年。

# 过年（下）

大年初一早上不到六点，"咚——啪——"声便不绝于耳。这是新年第一天的爆竹声，先是由远而近，逐渐是屋前屋后，最后是整条街都被爆竹声炸沸腾了。

我从被窝里伸出脑袋，一阵寒意袭来，窗帘外不再一片死黑，刚刚透过一丝白，新的一年开始了。

大年初一早上放鞭炮，也叫"开财门"，每年新年第一天，开门放炮的都是父亲。二踢脚的声音在二楼房间里散开，炸开的爆竹碎片敲在窗户玻璃上，我兴奋地一骨碌爬起来，迅速穿衣。

下得楼来，中堂前的香炉里已插上正在燃烧的头炷香，烟雾飘动，褐色的烟灰倔强地立着。桌上已经摆好茶点和洗净的白瓷杯，一盒刚启封的烟一根不少地躺在旁边。父亲在后面洗漱，母亲醒了还躺在暖和的被窝里，印象中一年三百六十五天里，只有大年初一父亲起得比母亲早。

我做的第一件事，便是给父亲母亲拜年，小时候要单膝跪在母亲床前，渐渐大了，便少了这些礼数，只问候新年。呈上祝福依然是每年要做的。

印象中，过年有很多讲究，比如新年第一天，所有用过的水不能泼掉，泼水意味着散财，父亲用一个大桶专门装用过的洗脸水。这个规矩等到家里有自来水和下水道后，自然就没有了。

初一这天不能扫地、倒垃圾，否则会扫走运气，会破财。女性不能织毛衣、缝针、剪东西，所以家里的针、剪刀、扫帚，是被父亲早早收了起来的。初一早上要吃饺子，意味着新的一年招财进宝；不能用开水或汤泡饭，否则一年里出门必逢雨，意味着不顺。大人们营造出来的这种氛围，在孩子的眼里，只是觉得好玩，难免便有说错话的时候。后来每年写春联，父亲总会让我写一条"百无禁忌"。

初一的早上，邻里之间都是要相互问候、拜年的，所以父亲放完鞭炮后，大门便虚掩着。记得小时候每年第一个推开我家大门的，总是两个住在后街上的老头，一个是鳏夫，一个是光棍儿。他俩总是一前一后，头上帽子压得低低的，穿着一身油亮的深色袄子，左手拿着一沓红色四方纸和一小锅糨糊，红纸上印着头戴招财帽的财神爷，头顶上赫然有三个大字：财神到。

老头边和父亲打招呼，边接过父亲递的烟，随手往耳边一夹，那帽檐和耳朵之间已经夹了好几根烟。他右手拿着一柄小刷，熟练地用刷子蘸了糨糊往我家门框上点一下，"啪——"，一张财神纸被摁在糨糊上。父亲客气地递上一块钱。我非常不理解平日里算账精明的父亲这个时候怎么这么大方，要知道我觊觎已久的《格林童话》才卖三块钱一本！

有一年忍不住问起这个问题，父亲解释道："老头子过年就一个人，蛮可怜的。"现在想来，看似粗犷的父亲却是心有莲花开。

一过八点，太阳光便斜斜地落在房檐下，母亲已经在厨房准备早饭，我和哥哥姐姐穿戴整齐，去对门舅舅家拜年。平日里车来车往的街道上寂静无声，红色的爆竹碎屑铺了厚厚一层，家家门前留有几个黑色圆印，那是引爆二踢脚时，爆竹升空前留下的燃烧的印迹。偶尔有水凼的地方已经结上碎冰，我总喜欢穿棉鞋踩在上面，听着"咯吱——咯吱——"的碎裂声。

舅舅早已捧着一杯茶端坐在堂前，桌上有三五个小盘，里面装着瓜子、果干和糖。

一跨进门槛，一般我的声音最响亮："舅舅，给您拜年啦！祝您身体健康，活到一百二十岁！"

舅舅开心地笑，瞪着眼撇着嘴，佯装生气地指着我："一百二十岁，那不成老妖精啦？晓伍顶拐（坏），就数晓伍顶拐。"

听见我们和舅舅说话的声音，舅妈系着围裙从厨房里走了出来，笑着摸摸我们的头和肩，每年的寄语变来变去都是：晓伍努力学习，考上理想学校啦，姐姐找个理想的男朋友啦，哥哥大小伙子越长越帅啦，等等。

随后舅妈会端上来一碗热腾腾的茶叶蛋，哥哥姐姐比我矜持，不吃，我都会忍不住吃完一个再走。舅妈每年都会在我和哥哥的口袋里塞上压岁钱，一直到初中毕业，年年不落。

吃完早饭，父亲带我们去给外婆拜年，外婆九十高龄，住在离我家约两里路的光明坝。大舅在世的时候，每年初一大清早带着其他四个舅舅和十九个表哥，一起给外婆拜年。大舅为首，后面的人按辈分、长幼排开，齐齐下跪，那场景特别壮观。

初一到初三，大人们都是走亲访友。孩子是最开心的，成天屁颠屁颠，穿着新衣服新鞋到处招摇，到谁家都有好吃的，最关键，兜里还装有压岁钱，可以买平时想了很久的东西。

到了初八，街道上的店铺相继开门营业，集市又恢复了往日的热闹，孩子们依然沉浸在过年的氛围中。初八这天，附近的龙灯开始拜门子。龙灯队伍中有个管事的，胳膊下夹个黑色四方人造革的包，大都由镇上队长带着，挨家挨户拜年。

接龙灯的人家要在八仙桌上摆上香烛，中间放三碗清水，前面有整条的烟和糕。龙灯进屋前，先在门口放炮，进屋后，龙头站在供桌前左右摇摆，张望数秒钟，随即朝着门外走去。管事人拿起烟和糕，连连向屋主道谢，离开。

除了龙灯，还有舞狮，比起龙灯，舞狮的仪式和受重视程度要逊色不少。开道的是敲锣人，大都是年长者，一手拿着金黄的圆形扁锣，一手拿槌。两个年轻人一前一后，穿着黄色宽松裤，披着染得花花绿绿的丝麻和布做成的狮皮，打着滚进到屋里。调皮的孩子会将燃着的小鞭炮往狮子脚底下扔，"噼噼啪啪"一阵乱炸。

八仙桌上不设香案，只有烟，有时也不是成条的，四包或六包居多，旁边还放了一把剪刀。舞狮人心里明白，从狮头的嘴里伸出手拿了烟，用剪刀在身上剪下一撮"狮毛"，连同剪刀一起放回桌上。等他们走后，我和哥哥便将那撮彩色的狮毛系在胸前纽扣上，无比神气。

正月十五，浓浓的年味又回来了。傍晚的时候，父亲要给祖坟送灯，每个坟前点着一支红烛，用黄表纸围成一个灯形后便离开。

母亲早已在家准备好丰盛的晚餐，主食多是米饭，也会煮上一锅元宵，一家人其乐融融地围坐而吃。天刚一擦黑，家里所有的灯全部点亮，家家户户满堂红，一直到深夜。

我和哥哥迫不及待地吃完饭，便点亮兔子灯，牵到大街上炫耀。兔子灯是父亲用轻而薄的竹片蒙上彩纸做成的，用四块锯下的木条做成四条腿，后背敞开，腹部是插蜡烛的地方，尾巴处用竹签插了半根萝卜，吊在屁股后面，最后画上眼睛，栩栩如生，脖子下系了一根绳子，可以牵着到处走动，尾巴上坠着的萝卜也跟着一走一晃。

街道上满是拿着各色花灯的孩子，有青蛙灯、鲤鱼灯，还有蝴蝶灯。我和哥哥一路争争嚷嚷，抢着牵灯走，一人走一段路，绕着马路的右侧转了两三个大圈，才肯回家。

正月十五这天，最让人兴奋的莫过于舞龙灯了。傍晚时分，桥头处传来一长声唢呐，我先是顿一下，屏住呼吸细听，没错，就是它！这声音太特别，继而一跳而起，飞奔出家门。

桥头处有两个与父亲年龄相仿的男人，一手扶着一米见长的唢呐杆，一手捏着位于嘴边的细管，歪着脑袋，鼓着腮帮子，脸色由于用力而泛红。嘹亮的声音将整条街都变得沸腾起来，家家户户都有人从屋子里跑出来，站在门口循着声音望去。不一会，只见摇摇颤颤的舞龙队从圩埂上走下来，最前面的龙珠一个偏身，紧接着龙头似咬未咬，跟着整条龙都炫舞起来。

天色全黑，每节龙身都亮起蜡烛，伴着激昂的唢呐声、锣鼓声，看不见举龙的人，只看见一条通体发着黄光的龙在夜色中腾跃飞舞，时而戏珠，时而盘龙，动静皆宜，煞是好看。

正月十五这天，龙灯是不用拜门拿礼的。家里经营着生意的人，为祈求来年经营顺利，便在街心摆上小桌，桌上，成条的香烟垒成金字塔状，在桌前放起半米高的烟花墩。伴着升腾的五彩缤纷的烟花，唢呐锣鼓声一阵紧过一阵，整条龙熠熠生辉，舞得四处生风。

这种情况，我一般会跟着龙灯跑，当然跟着跑的远不止我一个人，还有父亲和哥哥。从桥下到街心，从街心到北头，从北头到后街，一路追随龙灯，开始我还和父亲、哥哥一起，渐渐人多就走散了。

那夜，我一个人顺着大河埂回来，十五的圆月静谧地挂在夜空，月光柔和而清幽，月色笼罩下，整条街道显得格外神秘安静。路上有一块块发白的或大或小的不规则形状，我知道那是水凼，一个个绕过去。远处一片密集跳动的红点引起我的注意，那是一片坟岗，红点是燃烧的蜡烛，是活人送给逝者的灯。

在转身的一刹那，我明白，其实过年的热闹不仅我们有，那个世界里也有。

随着年龄渐长，年味也逐渐淡去，只有儿时的过年记忆像极了封坛的陈年女儿红，越久越香，越陈越浓。

后来，在距离那条河埂数百公里的城市里，我有了自己的家。我透过阳台的窗户，望着在四处矗立着钢筋水泥建筑的城市的上空那如蛛网般的高架和道路，闪烁的霓虹灯将城市的黑夜变成白昼，高档饭店里推出的年夜饭套餐，仍然无法驱散过年带给我的孤独感。

想起梭罗说过：城市是一个几百万人一起孤独地生活的地方。

城市再热闹光鲜，也掩盖不了内心的孤独和焦虑，这种感觉到了除夕前夕尤甚。对我来说，唯有回到装满童年记忆的老家，才有过年的味道。

纵使山高路远，哪怕再忙再累，回家过年，这是中国人共有的情结。

无论你我在外面活成什么样，在城市里也许是杰克、戴维或是伊莎贝尔，回到家的时候，铁蛋依然是铁蛋，狗娃依然是狗娃，翠花还是那个翠花。

回家过年，便是最重要的仪式感。

# 母亲的小菜

一日逛超市，五岁的女儿突然指着生鲜处的一张图片，问我："妈妈，西瓜为什么是方的啊？"

我循着她手指的方向看去，确实有个方形西瓜的照片，想了想，便解释道："因为当西瓜刚长出来的时候，人们就用一个方形的盒子将它罩住，这样，西瓜慢慢地就长成了盒子的形状。"

女儿仰着小脸，似懂非懂地看着我。

我想了想，又说道："就像水一样，用方形的杯子装，它就变成了方形；用圆形的杯子装，就成了圆形。"可是说完，自己也觉得有些牵强。

其实何止是方形西瓜，现在颠覆传统认知的各种水果，包括反季节蔬菜早已是随处可见，冬天吃西瓜，夏天吃白菜、萝卜已成了正常现象。这一方面归功于现代化的物流运输和科学储存，更重要的是大棚种植技术的推广和普及。

看着生鲜货架上琳琅满目的蔬菜，我不禁想起了 20 世纪 80 年代，那时还没有大棚种植，吃的都是当季时令蔬菜，每到春上，就容易断菜。所谓断菜，就是刚过完冬天，地里菜少或菜已经吃完，开春时，新种下去的蔬菜还没长起来，这段青黄不接的时间里，蔬菜少，即便去集市上买，也没有多少选择的余地。

于是，母亲做的各式小菜，成为餐桌上必不可少的美味。

镇上街道的西边，穿过后街一直走，那里是一片菜地，我们家也有一小块，父亲没事就在那倒腾，种出一年四季最新鲜的时令菜。

记得春天的时候，每顿饭都有莴笋，或红烧，或清炒，母亲虽然变着花样，但总能吃出那种青涩的浆味，以至于很多年后，看到莴笋我便想起小时候饭桌上那碗浸透了酱油、入口即化的红烧莴笋。

吃不完的时候，母亲便将削干净皮的莴笋切成薄片，摊放在竹匾里，晒干，用袋子装起来。前一天晚上，吃多少就用小碗盛多少，洗净，倒入少量酱油和香油，用作第二天的佐餐小菜。干瘪的莴笋干，浸透了酱油和香油的味道，舒展开来，重新变得鲜活饱满，夹一筷子，咬一口，清脆响亮，很有嚼劲。

每年春天，母亲腌的咸鸭蛋是我的最爱。腌咸鸭蛋要用红土，镇子周围没有，每次都是父亲骑着车去马义山挖，或是母亲托人从山下底（地名）带一包来。提前从市场买回来青白壳的新鲜鸭蛋，将红土和成稀泥，均匀地裹在蛋壳上，再将裹了红泥的鸭蛋轻轻放入盐碗，滚一圈，沾上盐粒后，放入陶罐中。

两三周后，盐粒消失，将鸭蛋取出，洗去表面半干的红泥，敲碎，蛋液清亮，蛋黄泛红、发硬，剁点辣椒放里面，蒸熟，是好吃的咸辣风味。或是将红泥洗净，鸭蛋整个用水煮熟，一刀切成两半，赫然看见蛋白中间红彤彤的蛋黄，渗着清亮的油，可谓是色味俱全。

夏天的清晨，朝霞刚刚从东方升起，清亮的露珠还挂在草尖上，姐姐和我挎着竹篮去地里摘豆角。绿油油的菜畦里长着豇豆、扁豆、四季豆，姐姐心细，耐心地挨排将长成形的摘下。回去后，把嫩的全部挑出来，分好类，母亲将嫩的扁豆和四季豆洗净、沥干，泡进剁椒坛里，腌好的扁豆和四季豆浸透了辣椒和盐味，保持了脆脆的口感。

豇豆则被捆成一扎一扎的，挨排塞进泡菜坛中，撒盐，再将提前烧好放凉的开水，倒进坛中，盖好，在坛口倒一圈水，起到隔绝空气的作用。一个月后，豇豆变成金黄，取出切好用油和辣椒丁清炒，酸酸脆脆的，非常爽口开胃。只要保持坛口的水清澈不涸，豇豆放在陶罐里一整年都不会变质。

豇豆还有一种做法，挑出颗粒饱满的，用开水煮一遍，捞起，晒干，变成褐色的干豇豆。春天的时候，抓起一把，用水泡开，炖肉吃，连冒出的热气都是香喷喷的。

秋天的时候，父亲特意多种几道菜畦的辣椒，到了成熟的时候，秆上挂满青的、红的小"灯笼"。摘下去蒂，洗净沥干，倒入一个底部垫了木块的大桶里，然后拿来一把形状像铁锹的直刀，握紧刀把，上下来回地剁碎。

刚开始的时候，辣椒都是大块，刀刃下去，发出"扑哧扑哧"的声音，听着非常带劲，有种快意恩仇的感觉，渐渐成了小片，再剁，就相当无趣了。每每都是母亲来收尾，将剁碎的辣椒倒出来，撒上盐粒，入坛，封口。母亲有时将剥好的蒜子连同辣椒一起腌，放入坛里，拿出来吃的时候，红白相间，拈颗蒜子，咬下去，脆脆的，淡淡的蒜香，还浸着一股辣椒的味道，异常开胃。就着这样一碟小菜，我常常能吃下一碗白米饭。

冬天的时候，菜地里只有老三样：蒜苗、萝卜和青菜。可是母亲却是最忙的，一整个冬天，都在不停地忙活。

先是将萝卜全部收回来，削掉萝卜缨和根，洗净泥土，将萝卜剖开，切成一厘米厚的片状，均匀地铺在浅口竹匾里，晒干。晒到差不多的时候，母亲将萝卜重新揉洗干净，去尘，用一个大盆装着，先后撒入盐、糖、味精、辣椒粉、八角粉，拌匀，装入坛罐里，封口。

冬天的早晨，一碗拌了香油的萝卜干，是我们家的日常小菜，咬起来"嘎嘣嘎嘣"的，香香辣辣，还带着一股嚼劲。现在很多超市也有卖萝卜干的，大都是真空包装，但那是用调味品泡出来的，上了色素，也没有嚼劲。

到了年底，青菜的地位举足轻重，因为腌菜是家家户户必备的。家乡的青菜都是两尺来长的尖秆白菜，秆多叶少。

母亲挑出一些大个的，切掉叶子，将菜秆切成粗细均匀的斜长条，宽一厘米左右，晒干，洗净，先后放入盐、糖、芝麻、辣椒粉、切碎的蒜子，拌匀，入坛，封口，这就是皖南特有的蒜菜。吃的时候倒点麻油，浸透味道的菜秆加上芝麻和蒜的香味，只需一口，便足以让人念念不忘。

小棵的青菜都是用来做腌菜的。先将整棵菜晒蔫，只是让叶子和秆不再鲜活，但不能晒干。晒蔫后，洗净，沥干水。记得小时候，都是用大缸来腌菜的，缸差不多有一米高，直径也是一米多。父亲提前用水将脚泡洗干净，在缸底均匀铺上一层菜，菜秆齐刷刷地朝向缸壁，呈整齐漂亮的圆形，撒上一层盐，再铺上一层菜，这层反过来，菜叶齐刷刷地朝向缸壁，呈圆形，再撒盐，再铺菜。几层铺下来以后，父亲光脚进缸，将菜挨排地踩实，撒盐，再铺菜，踩实，如此这般，重复这组动作，将菜汁踩出来，让盐粒完全溶化，最后，在封缸之前，用一块大青石压在上面中间的位置。

在老家，这种腌菜的方法叫踩菜，这缸腌菜可以让我们一家人度过整个冬天，一直吃到春上断菜的时候。

冬天，炖鱼锅的时候，加点腌菜进去，那种咸鲜能让味蕾舒服一整天；将腌菜秆切成段，炒肉丝，一碗饭轻轻松松便见了底；炒饭的时候，加点腌菜末，更是别有一种风味。一道普普通通的腌菜，在母亲的手里却变成了各种美味，而这种味道竟是独一无二、无法复制的。

进入腊月后，母亲买来成板的新鲜豆腐，切成均匀的四方小块，放在暖和的地方焐着，约一周时间，豆腐块长出白色的长毛，这就是发酵了，俗话说的发霉。提前将盐、糖、辣椒粉、香辛料按比例调好，拌匀，用筷子夹起豆腐块，放进调料碗里，滚一圈，均匀裹上调料后，放入坛罐里，按顺序摆好，封口，静置两三个月，就可以食用了。当然，越晚吃，腐乳的味道越好，因为时间越久，调味料越能渗透，豆腐块中的蛋白酶分解得也越彻底。春天的时候，拈一块，用筷尖夹一点，细滑美味，入口即化。

后来，集市上一年四季都有了新鲜蔬菜卖，不分季节，有时竟忘了什么是时令菜，什么是大棚菜。母亲依旧会抽出空闲时间，按季节腌制些小菜，但种类和数量相比以前少了很多。家里那口踩菜的缸也渐渐被闲置、废弃，直到最后被扔掉，而那些坛坛罐罐却保留至今。

每年夏天，母亲依然会泡上一坛咸豇豆，冬天时，也会腌上一坛腐乳。过年回家的时候，母亲总会提前用瓶瓶罐罐分装好，给我们每人分一点，带回来。

每次吃起来，熟悉的咸辣味刺激着每一颗味蕾，一入口，味觉便被打开，令人食欲大增。在城市生活多年，即便尝尽山珍海味，也抵不上那种感觉，让人舒服熨帖。

无论是咸鸭蛋、剁椒、萝卜干、蒜菜、腌菜、咸豇豆，还是豆腐乳，这些儿时的味道，至今仍一直深深刻在我的脑海里，有的在现实中依然能品尝到，有的则只存在于记忆中。

味觉就像一个人，不但有记忆，而且还是怀旧的，它能激起内心对故乡、家人和亲情的所有回忆，里面盛着的，满满的都是母亲的味道。

# 猪 油 渣

　　周末，与友人小聚，席间有道油渣炒毛白菜大受欢迎，大家纷纷表示好吃，油渣香而不腻，配上毛白菜的清淡爽口，更是让人口齿留香，别有一种风味。油渣，又称猪油渣，这个对我来说熟悉又陌生的食物，已有好多年没在餐桌上见到了。

　　小时候，家里条件差，不能每天吃上肉，但一年四季都备有猪油。平时炒菜用的都是菜籽油，当蒸鸡蛋时，母亲将一碗金黄色的鸡蛋羹从锅里端出来，用勺子舀一小块猪油，揿入碗里。不一会，白色的猪油块慢慢变小、溶化，勺子周边浮起一个个圆形的小油圈。油圈越来越多，渐渐扩散至更大的范围，原先白色的块状油渐渐变得透明，现出一点点褐色的小油渣。用勺子底部轻轻将变软的猪油在碗里打圈，直至全部熔化，整碗鸡蛋羹都香喷喷的。

　　以前还没有煤气灶时，农村家家厨房里都有大灶，冬天的时候，吃得最多的蔬菜便是炒青菜和红烧萝卜。母亲将大锅烧热，青烟直冒，舀两勺菜籽油朝锅底均匀撒开，将青菜和萝卜倒进去，只听到"刺啦——"一声，沾着水的菜遇上热油，便是这般热情似火。不停翻炒到半熟状态后，用蓝边大碗盛好，放在锅沿，下米煮饭的时候，把大碗放在"井"字蒸架上，饭好菜熟，起锅的时候，用筷子挑一块猪油揿入碗底，白色油脂迅速熔化，菜汤里浮起一个个油光可鉴的小圆圈，软烂入味的萝卜、青菜，配上猪油的香味，连菜汤都很美味。如果说平民的蔬菜能吃出贵族的味道，那一定非此莫属。

上学时每天中午要赶饭餐，有时母亲忙碌，来不及做饭，便将前一日剩下的米饭放锅里炒一下，撒入盐粒，浇点酱油，临起锅时，挑点猪油放进去，翻炒至全部熔化，一碗油盐饭，是小时候最爱的美味。碗里的米饭颗粒松散，透出酱油色，混着油脂的香味，油亮亮的，不吃任何菜也可以吃一大碗，直到碗底一粒米不剩，嘴角处还油亮亮的，喝口水，"呃——"一个饱嗝冲上来。

夏天的中午，母亲没烧汤，我便拿个空碗，放点盐，倒点酱油，挑一块猪油，倒上半碗开水冲泡开，美其名曰"神仙汤"。

印象最深的是，小时候一生病发烧，便只能喝稀饭，原本口中就淡而无味，看着大米熬成的黏黏的白粥，更是没有食欲。母亲便会像变魔术一样，在稀饭碗里撒入些盐粒，挑一点猪油，搅拌均匀，浓浓的咸香味扑鼻而来，我一口气能喝个碗底朝天。

母亲至今仍保留着下面条放猪油的习惯，看着面条在水里翻滚变软，提前拿出空碗，放入少许盐、酱油和猪油，用面汤将调料冲开，把煮熟的面条捞起来，抄底拌匀，就着一块腐乳或一碟咸豆角，是绝好的美味。

猪油还有个神奇的功能。我自小喜欢爬高下低，难免磕磕碰碰，每次碰到脑袋或肘部，奶奶总是第一时间给我抹上薄薄一层猪油，抹完后不会起包——猪油具有缓解疼痛、预防瘀肿的功效。

总之，猪油在那个油水不够的年代里，有着举足轻重的地位，几乎家家必备。我们家当时盛猪油的是个外表深绿色、内壁黄褐色的小陶罐，口小肚大，有个圆形的盖子，打开，里面是厚厚的洁白猪油。由于猪油的最低熔点是28℃，所以除了夏天，其他季节里猪油都是硬邦邦的，呈板结状态，即便是夏天，也不是完全液态，而是像软软的膏状物。

那时的猪油并不是成品，是要熬的。熬制猪油前，母亲赶早去集市，用草绳提着一挂生猪油回来。生猪油分为两种：一种是板油，很大一张，一板一板的，有薄膜包裹着；一种是花油，像网状那种，提起来絮絮拉拉的。

生猪油买回来后，先浸泡漂洗，去除杂质和血水，切成大小均匀的块状，两三厘米长，放进大锅里，加入少量水。开始用大火催热，在锅里不停翻炒，不一会，水汽渐渐冒出，紧接着听见轻微的"刺啦"声，油脂的香味也溢了出来。锅里有水状的透明液体渗出后，改中小火慢慢熬，原本块状的白色肥油缩小，渐渐变黄变硬，锅里的液态油脂也越来越多。这个时候，母亲会用大铁勺慢慢将油撇出来，用小罐盛上。当时我很不解，后来才知道，因为油温很高，油渣长时间被浸泡，一是影响出油率，二是油渣也容易变焦煳。

除了开始时加少许水，炼猪油的过程中，所有的用具不能沾一点水，否则热油碰上水便会四处乱溅，溅到皮肤上多大一滴油，便起多大一个泡，那场面破坏力、杀伤力极强。

渐渐，油渣变得越来越轻，全部浮在油面上，灶膛里的火很小，只偶尔添一次柴，确保膛里的火不熄灭即可。香味越发浓郁，母亲将大半的液体油脂舀出来放入罐中冷却。此刻的我哪也不去，站在灶台边，眼睛直勾勾地盯着锅里已经变成了焦黄色的那一小撮油渣。我仿佛听见铁勺碰上去发出的脆裂声音，随着口水的不断吞咽，喉咙一上一下无数次来回。

终于，灶膛里不用再添柴，母亲将锅里剩下的热油全部舀出来，放入陶罐。除了陶罐里装满清亮透明的热油，剩下的刚好能盖上锅底的油渣。母亲用小碗装上半碗油渣，倒点酱油递给我。一边早已垂涎三尺的我胡乱一搅拌，挑个最大块的便往嘴里扔。温度刚好，散发着淡淡的酱油和油脂的香，咬下去"咯吱咯吱"的，酥香美味。一口接一口，一阵风卷残云，瞬间消灭精光，那直叫一个过瘾和解馋！

吃完，嘴边油光光的，也不擦，用舌头将嘴角的碎渣卷进去，意犹未尽地细嚼着，口齿尚留有余香。吃的时候爽，吃多了胃里便会觉得油腻，好在母亲每次都控制量，并不让我多吃。吃完油渣一定只能喝热水，一旦喝了凉水，很容易"打标枪"，也就是拉肚子。

剩余的油渣，顶多只有大半碗，母亲盛好放在碗柜里最拐角的位置，这些油渣可舍不得用来炒菜，只有包饺子的时候才会拿来剁碎，放在饺子馅里。陶罐里的浅黄色透明液态的猪油，渐渐放凉，冷却后，变成了板结的白色固体。

吃油渣，是童年时代最令我兴奋和期待的事了，从母亲开始熬制到起锅，我都寸步不离厨房，一会添柴，一会拿碗，忙得不亦乐乎，当然都是为吃上油渣那一刻的惬意。这种漫长的等待和吃油渣时的大快朵颐，都成为童年最深的记忆。

母亲前几年一直在省城与我同住，刚来那段时间，她将厨房和冰箱翻了个遍，没找到一点猪油。在她的认知里，吃不上猪油，就意味着茶饭苦、油水少，所以她特意去买了两斤生猪油回来熬制。我外出回家，一推开门便闻到熟悉的香味，母亲已经将炼好的油用透明玻璃罐装好，浅黄色的透明状，锅里还留了大半碗温热的油渣，浇上少许生抽，我夹起放嘴里慢慢咀嚼、品味，还是记忆中儿时的味道。

随着生活水平的提高，人们越来越注重日常饮食的健康，猪油中的饱和脂肪酸和胆固醇都很高，相对植物油来说，不利于人体吸收，而饱和脂肪酸和胆固醇是心血管疾病的重要诱因，其对身体的危害，可见一斑。猪油的热量高，用它做出的菜很香，能大大增加食欲，过量食用容易导致肥胖，而肥胖正是影响健康的罪魁祸首之一，所以，老人、肥胖者和三高人群都不宜食用猪油。

于是，现在的厨房中，猪油理所当然地被植物油代替，城市家庭中，食用油动辄上升到橄榄油的层次，猪油几乎被树为健康公敌。然而农村家庭依然保留食用猪油的习惯，但大都已成为做汤、下面时的调味佐料。

猪油吃得少了，自然也难得见到猪油渣，物质条件得到改善，食物的供应品种也变得更丰富，如今的各家厨房里，酱油尚存，油渣不再。脆脆香香、金黄灿灿的猪油渣，已经悄悄地沦为一种回忆，从餐桌上慢慢消失了。

我在城市生活后，有那么几年，因工作或旅游，行走在全国各个不同地方，接触到不同地域的美食，但是说实话，都只是浅尝辄止，没能留下太多深刻的印象。不是矫情，更不是美食味道不好，只不过相对猪油渣来说，内心里少了份感情和依恋。

看似普通，甚至有些不健康的猪油渣，在那段缺油少肉的岁月中，留给我的不仅仅是贫穷的印记，还有一种刻骨铭心的温馨回忆。

那种偶尔吃上一次的酥香美味，混合着淡淡的酱油味，那种大快朵颐后的解馋和过瘾，被年复一年地回味和想象，日久经年，已成为自我意识里的神话。

再美好的现实也永远比不上记忆里的神话，仅此而已。

# 糖　　坊

一日，正在电脑前工作，传来"叮咚"一声，微信图标在闪动，点击打开，一张图片赫然在目：被切成长方形的米花糖，饱满的白色圆炒米，粒粒分明，整齐的切面，其中零星掺杂着红色的花生仁，红白相间，很好看。

"嘎子，你有多久没吃过这个了？"随即一行字出现在屏幕上，是二狗。

二狗是我的同班同学，当年在我后面坐过一段时间，上课时总有吃不完的零食。时隔多年，这吃货依旧食性不改，时不时发些食物图片来，像卤干、蒜菜、腐乳、豆酱等等，都是皖南地区的代表性食品，它们总能勾起我当年的记忆，因为这些传统小食曾经在我的生活中随处可见，而现在却越来越少。

看到米花糖的图片，记忆迅速被拉回到儿时。那时一到腊月，小镇四处充满浓浓的年味，家家户户将腌菜泡进缸、咸肉晾晒干以后，最让孩子们期待、兴奋的事，就是做炒米糖了。

小时候，再穷苦的人家，过年也要做上一洋铁箱糖，炒米糖和瓜子、花生一起，成为过年必备的零食。我那时最常干的事，就是跑到母亲的卧室里，站在板凳上，踮起脚，面对一溜排一样高度、四方盒状的洋铁箱，垂涎欲滴。箱子用铁皮做成，四面印着红双喜或牡丹花，我挨个将顶上的圆盖抠开，伸手进去摸糖吃，有白米糖、花生糖和芝麻糖，其中花生糖是我的最爱。

炒米糖用的米是糯米，一入冬后，母亲会挑上相对空闲的一天，和父亲蒸米。

下午的时候，母亲将糯米淘洗干净，沥干水，将搁置了一年的蒸米桶清洗干净。桶是用木片箍成的，约半米高，呈漏斗形，下小上大，直径比家里的大锅略小。在蒸桶的底部，有个网格状的层架，母亲在隔层铺上干净纱布，将淘洗干净的糯米倒进去，盖好，连蒸桶放进盛了水的大口锅里，架上干柴，灶膛里火焰很大，将半个厨房映得红彤彤一片。

锅里的水很快被烧沸，利用升腾的水蒸气将桶里的糯米蒸熟，约要半个小时。而后将米饭倒进直径约两米的浅口竹匾里，摊开，散热，让米饭凉透变硬。有时候为了让米饭冻硬，父亲特意将竹匾放到院里的天井上。一周后，将冻成块团状的米饭掰开弄散，还原成颗粒状，晒干，人们习惯把它叫作冻米子。

做炒米糖的地方就在小镇后街的糖坊，一整个腊月里，后街都弥漫着一股甜甜的糖稀味道。糖坊平日里并不开门，每年只有春节前两个月才营业，而赶来做糖的除了镇上居民，也有附近方圆数十里的人家。除了糖稀要从糖坊处买，做炒米糖的其他原材料都是自己带，包括柴火，糖坊只是象征性地收一些加工费。

糖稀是用麦芽熬成的一种黏稠液态糖，呈透明状，琥珀色。糖稀是做炒米糖必备的原料，它一方面起着甜味剂的作用，另一方面能将松散的米花和果仁黏合在一起。

糖坊是间黑砖黑瓦的平房，地势比正常路面略低，紧挨着水泥街面。三步台阶下去后是一间进深很长的屋子，一面墙将房子隔成里外两个空间，外间约占三分之一，整间房的左侧是通道，穿过中间的门能一直走到最里面。

天还没亮，父亲早早地起床，担着冻米子、花生米、芝麻和柴火到了糖坊，径直往里走。隔断里面是一个长条形通道，各种盛器紧挨着，一个接一个有序地排着队，有稻箩、铁箱、蛇皮袋等等，看来还有比父亲到得更早的。不一会，挑着担子的人从各方向过来，很快，排队的盛器歪歪扭扭地排到了大门口。

糖坊最里间有个灶台，那是专门炒米的，灶台前的师傅穿着单薄的衣服，卷起衣袖，手里拿着把小铁锹，不停地在铁锅里翻炒。那锅里的冻米子慢慢变大变圆，颗颗饱满，随着一同翻炒的还有黑色铁砂。炒到差不多时，师傅熟练地左手拿着一个用绳子挂着的竹筛，右手拿一柄大铁勺样的东西，铲起锅里的东西，往竹筛上一倒，铁砂立刻落了下去，留下白色的炒米粒，转而倒进一旁的干净容器里。

如此这般，米粒、花生仁、芝麻一锅锅炒熟，满屋子都是香味。此时的我，最主要的任务就是一边搓掉花生米上的红皮，一边大把大把抓起炒米粒、花生米往嘴里塞，腮帮子嚼得都酸。

糖坊大门一进来，有两张两米长的桌子拼成的一块超大台面，旁边有一个放置两口大锅的灶台，这锅分别是熬糖稀和搅拌米糖用的。所有炒熟的东西全部转移到这边来，灶前的师傅会根据炒米的数量，量好所需的糖稀，先放在锅里熬，随着温度升高，糖稀变得更稀薄，加入白糖，将炒米、花生米、芝麻一一加入糖稀中搅拌、翻炒，搅均匀了以后，铲起放入一个木模子中，用滚轴将表面压平，趁热脱模，整个翻倒在台面上，用刀裁切成宽度相等的长条，再切成片，这就变成了白米糖、花生糖和芝麻糖。

等炒米糖凉透，父亲开始装箱，我也在一边帮忙，拿一片放到嘴里，嘎嘣脆，那种脆香味一生难忘。

不知不觉，我也记不清有多久没有吃过炒米糖了。

长大后，偶尔在城市的角落里也能见到炒米糖，但鲜少有人问津。

一辆三轮车上架着一口锅，小摊老板站在边上，切着从模子里倒出来的糖，一双黝黑的手，加上路边的灰尘，顿时让人没有了胃口。

其实，随着糖坊消失的，还有小镇上的糕饼坊。

糖坊往北约300米远的地方便是糕饼坊。论年代，糕饼坊要早于糖坊，基本上与供销社差不多同一时期存在。最早的糕饼坊属于国营单位，里面的师傅都享受职工待遇。

糕饼坊位于后街中段的东边，红色砖墙砌成的三间平房，房檐下还有块水泥抹成的平面，清楚地刻着"为人民服务"字样。大门是那种对开式的两扇门，门楣两端微微翘起黑色装饰，很高大上。

除了正中那间房是卖货和接待来人的，左右两侧都是操作间。做糕饼的师傅比较严肃，不苟言笑，所以我从小对糕饼坊就有种敬畏感，不敢随便闯进去玩。

一次，外婆过生日，母亲去糕饼坊买蛋糕，我兴冲冲地尾随着。进到里面，糕饼师傅戴着帽子、口罩，系着白色围裙，操作间和售卖处用一块整面墙的玻璃隔着，能清楚地看见里面的操作。

母亲要了三十块蛋糕，师傅一一清点着，每一块蛋糕都是新鲜出炉的，小小的圆柱形，上大下小，焦黄色的边缘，一股浓浓的蛋奶香直往鼻子里钻。每块蛋糕都用乳白色的油纸包着，正上方有圆形的印章字体，赫然印着两个红色的字"蛋糕"，俨然就是一件小小的艺术品。

糕饼坊除了做蛋糕，还做糕。糕是将大米蒸熟后磨成粉做成的，配上红绿丝，切成片，用红色的纸包上。农村有人办喜事、孩子满月、盖房、买车等等，乡邻都要送一对糕，寓意着"步步高升"。

经济体制改革后，糕饼坊变成私人经营，再后来也关门了。

过年回家，问起母亲，说是糖坊早已经倒闭，现在条件好了，过年没有人再自己做炒米糖了。母亲知道我爱吃，特意跑去老街买个一两斤回来，但已吃不出儿时的味道。

父亲也跟我一样，对炒米糖完全没有免疫力，但是后来他血糖高，母亲一气之下再不买了，就这样，炒米糖成了萦绕我心头多年的美味。

其实，逐渐消失的远不止糖坊和糕饼坊，还有儿时的心情。

年龄渐长，年味却渐淡。其实说到底，现在的太阳和月亮，与儿时天空上挂着的都是一样的，年还是那个年，不同的是我们的心情。

以前的孩子爱过年，无非是因为过年的时候有好吃好喝的，能穿上新衣新鞋。现在的孩子平日里想吃什么都有，每到换季便添置新衣，对物质的渴望早已不能成为期盼过年的理由。

而我们没有了儿时天真无邪的心境，取而代之的是生活的磨砺，以及现实与理想之间的博弈。

不知不觉中，我们也为人父母，唯有珍惜当下，与家人开心过好每一天，才是拥有品质生活的真理！

生活中那些被淘汰的东西，正在慢慢地，直至彻底地消失，就像岁月更替，无法抗拒。那些生命中不可替代之重，曾经占据了几个时代的人的记忆，成为生活中不可或缺的部分，如今却无迹可寻，变成历史。

每一段回忆，都曾经是当下；而每一段当下，又必将成为回忆。

# 饺　　子

晚上给老妈打电话，听着她在电话里抱怨父亲，我不免想笑，真是老小老小，两个老人的年龄加起来已经一百多岁了，在家还时常为一些鸡毛蒜皮的事拌嘴，事情起因却非常简单。

父亲从去年开始，牙齿变得越来越差，这个月刚拔了一颗坏死的磨牙，母亲特意抽空包了饺子放冰箱里，给父亲当早晚餐。

晚上母亲煮了碗饺子给父亲，看着他吃得一脸专注的样子，母亲凑上去故意问："味道怎么样啊？"

谁知不解风情的父亲停顿了一会，面无表情地说："嗯，一般，不见奇。"

老妈顿时脸都绿了。

"你说说看，可过分，啊？我还特意放了点油渣在里面，馅里还有那么多鸡蛋和肉，还不说好吃，要怎么样才好吃?！"

我听着母亲在电话里气呼呼的声音，"扑哧"一声乐了，我能想象出来，母亲前一秒钟还想在父亲面前邀功，得到赞赏和肯定，后一秒钟脸上却挂满了冰霜，恨不得将父亲的碗一把夺过来。

如果不是家道中落，母亲也算得上是大家闺秀。她生性好强，聪慧能干，知书达理，且烧得一手好饭菜。我们的胃从小就被母亲惯坏了，一直吃不惯外面的饭菜。

父亲因身形魁梧、声如洪钟，且不苟言笑，被街坊邻居称为"总统"。三个堂叔在父亲面前一向唯唯诺诺，恭敬地尊父亲为"老大"，遇到兄弟间意见不合的时候，父亲常常被拉去处理家事，说一不二。但是在母亲眼里，父亲往往会跟木讷、顽固、不可理喻这些词语联系在一起。

父亲一向不善言辞，特别是在母亲面前。我亲耳听过数次，在外面或姐姐家吃饺子，父亲总会说："饺子，还是你妈包的最好吃。"

此刻的父亲，脸上的线条都变得异常柔和，嘴角微微扬起，一脸笃定的神情，但是，这话他从来不会当着母亲的面说。

其实，我也想说，迄今为止，吃过最好吃的饺子，便是母亲做的。

小时候，家里穷，每次包饺子放不了太多肉，母亲将熬猪油留下的油渣剁成碎末，掺在馅里，有一种别样的香。

母亲包的饺子一直都是菜肉馅的。提前将猪后腿肉剁成肉末。挑选出大棵的嫩青梗白菜，叶片掰开洗净，在开水里焯一下，迅速捞起，切成碎末，挤掉水分，加入适量切成碎末的香干，放在一边备用。将鸡蛋打散，用小火在油锅里摊成薄薄的一张饼，再切成小丁，另外准备生姜末、青蒜末。

材料备齐后，大火将锅烧热，将肉末炒至变色、出油，倒入青菜翻炒，随后加入鸡蛋、生姜末、青蒜末、适量盐，不断翻炒至入味，七成熟左右起锅。看着青色的菜、黄色的鸡蛋，各种颜色杂陈相间的馅，油亮亮的，我就超有食欲，总忍不住狠狠地舀一勺放进嘴里。

饺皮是在家用擀面杖擀的。母亲事先准备一个铁盆，盆中舀入适量面粉，加上水，不停地搅拌。母亲的手瞬间糊满了白色的湿面，手指头都变得粗大了一号。

母亲一边揉面，一边用手掌将粘在盆边的湿面刮下来，和面团一起揉。眼看着散渣一样的面被揉得越来越筋道，面团变得越来越光滑，母亲两手交叉一搓，粘在指缝里的面纷纷成为细小的条状散落在盆里，手终于干净了，而且再揉也不会粘手。揉好的面被放在一边，用一块半湿的毛巾搭在盆口，盖住，让面团醒一醒。

醒面需要半个小时，这边炒好的馅料放凉后，父亲开始擀饺皮。家里那张八仙桌被湿布擦了一遍又一遍，晾干，撒上一层面粉，并均匀地在桌面中心抹开，手心里撒少许面粉，将擀面棍放在手心，上下整个搓一遍。

做完这些，父亲取出盆里的面团，放在桌子中间，擀面棍的中段放在面团上，两手用力压下去，擀开，面被擀成一个长的椭圆形，撒上一层干粉，均匀抹开，九十度旋转，再擀开，变成一个不规则的圆形，再撒上一层干粉，用手均匀抹开，再擀开，再九十度旋转，如此反复。渐渐地，面越擀越薄，成了一张几乎能盖住整个桌面的大面饼，擀面棍往前滚的时候，卷起的面饼末梢不时敲在桌子上，发出"啪啪"的声音。

此时的我，经常趴在正好与我鼻子齐平的桌子旁边，好奇地紧盯着那块变得越来越大的面饼，一会伸出手摸摸撒落的干粉，一会摸摸面饼包不住的擀面杖两端，任凭父亲怎样呵斥，就是赖着不走。

擀到厚薄差不多时，父亲将面饼按十厘米左右的宽度，呈九十度来回堆叠，形成一个长条，用刀切成均等的四边形，而后轻轻将每个四边形拉长、摊开，去掉头尾部分，将中间切成四边相等的四方块，一张张摞起来，就是饺皮了。

母亲早已坐在厨房的小桌上，我将擀好的饺皮往厨房里拿，母亲轻轻捏起一张，摊放在手心里，放入适量馅，将饺皮向内对折，将鼓起部分轻轻捏实，饺皮往上卷起，同时捏着鼓起部分两端，上下重叠，捏实，一个饺子就包好了。这种方法包出的饺子，由于两端各有一个可爱的三角形，酷似猫的耳朵，母亲称它为"猫耳朵饺子"。

母亲包饺子时，我也经常喜欢拿双筷子在一边帮忙，她将饺子馅往饺皮上放，我则将馅往嘴里塞。饺子包完后，母亲在锅里煮上半锅水，大火将水烧开，一个个圆滚滚、鼓胀胀的小圆球被丢进开水里，锅底原本冒得欢的水泡随即消失，取而代之的是白色可爱的"猫耳朵"。母亲用锅铲轻轻抄底铲，防止它们粘在一起，不一会，"猫耳朵"全部漂浮起来。我趴在比我略低的灶台边，伸长脖子往锅里瞅，不断升起的水蒸气挡住视线，看不清楚，但一股面被烫熟的味道，随着水蒸气往鼻孔里钻。我早已控制不住自己的唾液，口水不断地涌上来，又吞下去，眼睛一刻不离地盯着锅里。

饺子被捞起盛放在碗里，煮熟的饺皮呈透明状，透出绿色的馅，浇入少许面汤，朝汤里倒入半勺酱油。一口咬下去，油渣、青菜、鸡蛋和肉混杂的香味，扑鼻而来，顾不上烫嘴，在嘴里滚来滚去，不停地往外哈气降温。一阵风卷残云，渐渐见了碗底，一碗饺子进了肚子，连酱油汤也一滴不剩。

小时候只有在特殊的日子才能吃上饺子，要么过年过节，要么家里来了重要的客人，因为吃一次饺子，实在是费事。而对我这个吃米饭长大的娃娃来说，饺子吃前闻着香，吃的时候怎么吃都不觉得饱，肚子是空的，但嘴里已经咽不下，所以吃完饺子，我还吵着要吃米饭。

后来，街道上有专门加工饺皮的，包饺子变得没那么烦琐，至少省掉三分之一的工序，可是我却开始抵触所有的面食，饺子也被列入其中，干脆不吃了。

每次过年前，母亲总要买上数斤饺皮，包好蒸熟了晾在一边，大年初一的早餐便是饺子。只有我每年倔强地一个人煮泡饭吃，用前一天的剩米饭加水煮开，水是水，饭是饭，母亲叫它"鸭食"。就着一块腐乳或是泡辣椒，对我来说，简直堪称人间美味，面对锅里的"猫耳朵"，我却完全不为所动。

外出上学那几年里，看着食堂里一堆包子、馒头，不愿吃面食的我简直无语了，完全没有一点胃口，加上胃也不好，又干又硬的米饭也是无法下咽，一日三餐简直成了我的噩梦和煎熬。肚子饿的时候，开始想念母亲做的饭菜，着了魔一样想吃水饺，寻遍了学校周围所有的小吃店，也吃不到熟悉的味道。

那一刻，突然觉得自己辜负了太多的美好，拥有的时候完全意识不到。

寒暑假回到家的时候，母亲变着法子做我爱吃的，我每天沉迷在各种吃食中，俨然成了一味追求美食的"二师兄"。

到了城市生活以后，包饺子都习惯直接用生馅，饺皮也是圆形，偶尔有空的周末，我也在家里包饺子，但始终包不出母亲"猫耳朵"的味道。

繁华的闹市区，装修现代化的水饺店随处可见，透过整面玻璃墙，能看见明亮的店堂、简洁的桌椅。推开门进去，迎面而来的是店员招牌式微笑，及声音甜美的"欢迎光临"，点餐台前，悬挂的灯箱上依次排满了各种可供选择的口味，我伫立良久，寻找记忆中熟悉的原料。

"三两，青菜猪肉馅。"等到一盘热腾腾的饺子端上来，一口下去，完全不是想要的味道，一旁的调味碟里，一勺辣油夹杂着少许醋，也掩盖不了水饺本身的淡而无味。这种饺子对我来说，只能果腹，再无其他。

和父亲一样，"猫耳朵"的味道已经深入我的骨髓，植入我的脑里、心中，它只来自母亲一个人，不容置换，无法复制。

因为味蕾也有记忆。

# 艾　香

有朋自远方来，一早在东门等候的时候，不时看见身边路过买菜的人，手里都拿了把长长的绿草，成扎地捆在一起，极为显眼。

这是再熟悉不过的艾草，笔直的秆，大片伸展开的绿叶，行走间，叶子也随之轻轻颤动。

细一想，端午临近，我脑子里一下想起了儿时的端午，仿佛嗅到熟悉的艾草清香。

小时候，我曾经傻傻地分不清艾草和菊花。河埂东边的草丛里一度长了不少艾草，一丛丛、一簇簇的，叶子表面深绿色，背面灰色、有茸毛。看着那叶子，我常当作是菊花，兴奋地连根挖回去，种在花坛里。

后来渐大，每年端午这一天，母亲总是一早买完菜回家，手里还拿着两把长长的艾草，插在大门两边，进进出出，能闻到一股淡淡的清香味，很特别。插在门框上的艾草干枯了以后，母亲从不舍得扔掉，都会小心用袋子装好收起来，遇上有皮肤瘙痒等症状时，将锅里盛满水，艾草浸入其中，煮沸，用艾草水洗澡，很管用。

西街后的芦苇塘里有野生的菖蒲，父亲每年都会砍几棵回来，和艾草捆在一起插在门上，可驱邪防疫。菖蒲的叶子呈扁形，像把伸向空中的利剑，故有"斩妖除魔"的寓意；因其"先百草于寒冬刚尽时觉醒"，又是生于水中，故被赋予"不假日色，不资寸土"和"耐苦寒，安淡泊"的品质，被视为灵草。其根茎很香，大人们却叫它"臭草"，我小时候的理解是，因为它太香了，反而变"臭"了。

端午，顾名思义，"端"字有开端、初始的意思，因此端五就是初五，而按照历法五月正是午月，因此端五也就渐渐演变成了端午。

"端午临中夏，时清日复长"，端午是农历五月初五，一年已过近半。

在城市里生活的时间越长，越是怀念小时候过端午的情景。这天的早餐，一定是茶叶蛋和粽子。大人们在这一天停下手里所有的活，安心过节，而嫁出去的女儿也带着丈夫和孩子回到娘家，像过年一样，一家人热闹地吃顿团圆饭。

至于端午的习俗，到我这一代，小镇上已经淡化了许多。父亲说他年轻时还在龙须湖上赛过龙舟，场面精彩、气势恢宏，但我从未见过。

说到端午，不能不提粽子。据传当年为了纪念诗人屈原，不让汨罗江中的鱼类啃噬他的尸体，人们纷纷往江中抛撒被包裹起来的米食。这个当初用以寄托哀思的小食，如今被赋予了浓浓的端午节日文化意味，变为人们自己享用的美食。

小时候，每年端午节之前，母亲都要包些粽子。在市场上买好粽叶，南方大都是用箬叶或是箬叶，鲜绿的叶子呈长卵形，中间有根明显的筋脉。粽叶买回家后不能直接包，先剪掉根部，也是为了让叶部纤维变得更有韧劲，再用开水煮一遍，然后用黑色的大木盆装上半盆水，将煮过的粽叶放里面浸泡着，闻起来便有一股清香的味道。

米用的是糯米，连同红豆一起，用凉水泡好。这个"好"字很难拿捏，意思是刚刚好，不软不硬。泡的时间过长，米成了粉状，包出的粽子太软，不够弹；泡的时间不够，粽子会不够糯，吃起来影响口感。母亲总是不紧不慢，一边泡米，一边做别的事。我蹲在旁边，一会捞一把糯米，一会摸一下粽叶，急不可待，催母亲赶紧包。

等米和豆泡好后，母亲将它们沥干水，自己坐在长凳上，将泡粽叶的大盆和米放在身前，米里插一根筷子备用，一边放了一把剪好的白色棉线，这是包粽子时用来扎口的。

母亲挑选好粽叶，宽的一片，窄的两片，从根部起，在三分之一处一叠，窝出一个漏斗形状，往里面放入米和红豆。为了中间不留空隙，特意用筷子插几下，米粒被压得紧实后，将叶子的尾梢部分对折，压实，封口，将拐角处捏实，包紧，来回叠几下，最后用棉线捆紧，一个粽子便成形了。

此时的我也坐在旁边，眼睛盯着母亲的每个动作，一会帮忙拿叶子，一会帮忙舀米，一会帮忙拿线，一阵手忙脚乱，最后还是觉得不过瘾，决定亲自上手。

我学着母亲的样子，将叶子窝成漏斗状，放米、捣实、压紧、封口，但总是在最关键的时候散包，米粒漏了出来，再包，再散，连自己都看不下去了，于是作罢。

母亲每年包的粽子，都是不变的红豆粽，每一个成品大小均匀、棱角分明，个个紧实、小巧而精致，像是一个个艺术品。五个系在一起，放入大锅里，盛满水，没过所有的粽子，用大火烧开，而后小火慢煮，煮熟后捞起，找一个干净的容器，用凉水浸泡着。

这种经过凉水浸泡的粽子，口感更筋道，又弹又糯。站在一边的我早已是垂涎三尺，舀两勺白砂糖放入空碗，剥开一个，拿根筷子插在粽子中间，蘸上糖粒，一口下去，清晰地看到牙印。粽子板而不硬，糯而不黏，甜甜的糖粒、粉粉的红豆、软弹的糯米，加上透着浓浓粽叶的清香，啧啧啧，一生难忘的味道。

担心糯米难消化，母亲向来控制我们每次吃的量，一般不超过两个。而对于父亲来说，母亲的叮嘱他都是左耳进右耳出，一口气吃四五个，也是有过的。

如今粽子口味越来越多，甜的、咸的，里面的馅料各种各样，有蛋黄的、鲜肉的、豆沙的、八宝的、红枣的、香肠的、火腿的，甚至还有蜜饯的、鸡肉的、干贝的……堪称五花八门，做成真空包装，口感更软糯，保存的时间更长，看起来也显得高大上。

我吃来吃去，还是最怀念母亲包的红豆粽子，吃完后意犹未尽，那种纯粹的快乐，很多年过去了，记忆犹新。

见完友人，我也去买了把艾草，挂在门上。碧绿的叶子上长着一层白色的茸毛，开关门时能闻到一股熟悉的清香。

离开小镇这么多年，内心早已被生活剥离，渐渐冲淡了过节的心情。生活在大院里，来自全国各地的人，每家的端午习俗不尽相同，也没了儿时那种过端午的欢欣，但家家门上都会插上艾草，每每闻到，心早被无孔不入的艾香浸透。

此刻，我在远离家乡的另一个地方，想念老街，想念家人，想念那泛着油光的青青苇叶和母亲包的红豆粽子。今年端午，虽然没有记忆中的氛围，但至少艾草的清香是一样的，闻着艾香怀念故乡，怀念再也回不去的时光。

随着时代发展，很多事物都在滚滚向前，而与此同时，那些被抛在身后的则越来越远，直至消失，比如时间，比如生命。行走得再远，总有些情感不会因为远离而疏淡，反倒是随着时间流逝、岁月积淀越来越清晰地荡涤着内心。

"流光容易把人抛，红了樱桃，绿了芭蕉。"年华易逝，人生易老，唯愿每年的艾草能看在眼里、闻在鼻尖，在记忆里一直鲜活。

# 生　日

　　在老家，过生日被称为"过生"。20 世纪 80 年代的乡下，大多数家庭都比较贫穷，一般不给孩子过生日。"大人过生一碗汤，小孩过生一顿夯"，是大人们常常挂在嘴边的话。

　　小时候家里孩子多，能吃饱穿暖就不错了，从不敢奢望生日那天怎样。尽管如此，每年我的生日，母亲总是第一个想起，生日的前一天晚上，当着所有人的面在饭桌上叨叨："明天是晓伍的生日啊，当年这个'小拐子'赖在肚子里，一直没动静，马义山的小胡阿姨，你们都认识的哈，她着急了，晚上直接把接生婆给叫到家里来，硬是把她给捏出来了。"

　　每年都是这个版本，听得我都会背出来，但每次听的时候，我依然很专注，像第一次听到那么新鲜和好奇。

　　母亲接着说："生出来一看，又是个丫头，你爸气得看都没看一眼，月子里连房门都不进了。"

　　"你胡说！"坐在一边脸上一直挂着笑的父亲再也忍不住了，转而又对我说，脸上没有愠怒，却是掩不住的笑意，"你嫑听老东西瞎讲。"

　　"哈哈哈。"看到他俩互掐，我这个时候总是最开心的。

　　父亲思想确实守旧，也有重男轻女的情结，但自小一直都是哥哥挨打多，反倒是我，巴掌从没上过身。我打小便是没心没肺的性格，活泼

97

好动，鬼机灵，却从不犯大错，入学后，一直是父亲的骄傲。

我清楚地记得，每年过年前，父亲总是小心翼翼地从书柜里拿出我当年获得的奖状，按时间和类别，有序地贴在中堂两侧，抹糨糊时，一脸的谨慎和满足感。

今年春节，我们去三叔家吃饭，席间，小叔谈起当年他因写得一手好字，在部队当文书的光辉往事，父亲毫不客气地打断说："你那个字是不错，但比起晓伍的字，还是差不少。"我当时内心突然一阵感动，原来在一直不善表达的父亲心里，我还是当年的晓伍。

生日当天，母亲总记得为我做糖水荷包蛋。锅里倒入水，煮开，磕两个鸡蛋在里面，慢慢地，荷包蛋在水里成形。在碗底铺上两大勺白糖，将荷包蛋连汤盛入碗里，白糖溶化后，将蛋捞起，咬上一口，露出金色的蛋黄，那种甜味一直沁到心里。

有时候，生日餐是长寿面，母亲在每个人的碗底放一到两个荷包蛋，或是在煮好的面上浇一层菜，多半是蒜苗肉丝加鸡蛋。我虽然小时候对面食很抵触，但每年的长寿面我却很期待，面条被快速消灭干净，碗底最后留下的，是舍不得吃的肉和鸡蛋，小口小口地品着，那种幸福感会持续好几天。

小时候没有收礼物、吃蛋糕的习惯，那时候整个县城也没有一家蛋糕店。第一次见到生日蛋糕，是上海的沈阿姨和老六来家里玩，提了一个圆形的纸盒样的东西，顶上是层透明的塑料壳，能看到乳白色的奶油和鲜艳的花色图案。蛋糕放了好几天，光是看，没舍得吃，后来吃的时候，发现最外面一层竟然是硬的，现在想来，也许那不是奶油，是白色巧克力。

印象中，十岁那年的生日，舅妈给我做了一套新衣服送过来，我如获至宝。上衣是件的确良衬衫，白底子，咖啡色细条纹，镶了漂亮的荷叶领、蓬蓬袖，几年过去，衣服小了也不舍得扔掉。

　　上了中学后，生日当天，会陆续收到好朋友的祝福和礼物，有时是精美的卡片，有时是笔记本。这些礼物被我收藏了很多年，过了很久，翻开看的时候，上面的字迹工整而青涩，大都是摘抄书里的语句和段落。当年觉得很优美的文字，现在看来却是无比煽情，这些祝福连同那段懵懂的青春岁月，成为永远的记忆。

　　长大后，看到电视里过生日的画面，在蛋糕上插上蜡烛，点燃，对着蜡烛许愿，然后一口气吹灭，那时候在心里认为，这种愿望是铁定能实现的。

　　初三那年，生日当天，我提前在隔壁小店里买了三根蜡烛。晚上学习到深夜，趁家人都睡着了，我一个人悄悄地关了灯，将蜡烛点燃，许下人生第一个生日愿望：中考取得好成绩。

　　现在回想起来，当时的愿望也算是完满实现了。

　　工作后，在家的日子屈指可数，每逢生日，担心母亲一直惦记着，我总会给家里打个电话。果不其然，母亲拿起电话，第一句说的就是："晓伍啊，今天你过生日哎！"虽然不能吃上母亲做的糖蛋和面条，但能听到她在电话那端唠唠叨叨，说着家长里短的事，浓浓的亲情充溢于心胸，便够了。

　　直到我也成为母亲，每到女儿的生日，当年的彻夜不寐和断骨般的阵痛，总是历历在目。在产房里，我始终紧盯着墙上的时钟，之前所有的期待和不以为然早已消失殆尽，取而代之的是痛彻心扉和精疲力竭。

　　时间一分一秒地过去，从深夜到凌晨，再到清晨，产房的窗户由漆黑变发白，逐渐看见曙光，直到阳光洒进来。当听到第一声婴儿啼哭时，我终于体会到什么是"儿奔生，娘奔死"。

　　小时候总会听到：又大一岁了，要更懂事进步。长大后，学会了感恩：儿的生日，母亲受难日。

　　此生不求锦衣玉食、荣华富贵，但求家人无病无忧、健康长寿。

　　生日，是每个人专属的节日：一方面，它记载着多少年前的这一天，一个新生命的诞生；另一方面意味着每过了这一天，便是一个周期的结束，下一个周期的开始。所以，每年的生日虽然是同一天，但无论从生理上还是心理上，都将是新的一个人。

　　在还没有确立人生观和世界观的时候，我看过一句话：出生是一个生命终结的开始。后来花了很长时间想这句话的意思，想是想通了，但延伸出另一个问题：生命终结后还会存在吗？

　　一种答案是，任何个体和意识都将不复存在，完全消失；另一种答案是，会以另一种方式存在，即所谓的轮回和转世，但至今谁也没有确凿的证据来证明前世的存在，我想即便是有，那也已不是当初。

　　在无解的年纪里，这个哲学问题曾一度带给我苦恼，甚至在梦境中，我常常陷入一个无底的深渊，绝望而挣扎，无数次在半夜里惊醒，睁开双眸，只看见浓墨般的黑，又沉沉睡去。

　　不知从几时起，我害怕每年生日的到来，从心底里惧怕每年渐长的那个数字，我宁可自己内心永远活在吃糖蛋的年纪。

　　我想起了年轮，树木的横截面上，一圈圈的印记清晰可见，这些圈圈或工整，或不规则，但每一圈只要圈上，就代表一年，几个圈圈便意味着树木存活了几年。世间草木都如此，我们又有何理由不珍惜时光，不努力奋斗？

　　年轮一圈，人生一年。渐大的孩子、老去的容颜、斑白的发丝……这些都在提醒我们：韶华易老，感恩生命，珍惜所有。这世间即便微小如大海中的一滴水、沙漠中的一粒尘，都在努力证明自己的存在。

　　在岁月的年轮里，已过而立之年的我，少了青涩，多了阅历，少了棱角，多了世故，少了冲动，多了周全，少了轻浮，多了沉稳，理应画出更圆满的圈圈，让此生无悔。

# 过　夏

小时候家里没有空调，冬天还好，冷了白天能烤火，晚上早早地往被窝里钻，但是夏天就没那么好过了。

南方入夏早，到了五月，屋顶上的太阳便一天比一天炙热，五月过完，基本意味着入夏了，母亲便开始烫竹席，挂蚊帐。

初夏的雨后，我和哥哥经常在中学后面的土操场上挖知了。我们专找泥土松软、有小洞的地方，对准了挖，很少有空手的。哥哥将挖到的知了拿回来挂在蚊帐里面，跟养宠物一样，每天招呼它好几遍。这小东西虽然不吃不喝，但会撒尿，蚊帐上挂一摊湿，母亲便知道怎么回事，所以哥哥不敢放在自己床铺里，总挂在奶奶的蚊帐上。等过一段时间后，土黄色的外壳上裂开一条缝，长了翅膀的蝉便从壳里爬出来，蚊帐里只留下一只干壳。

入夏后，一到晚上，太阳下山，暑气渐退，整条街道都热闹起来。家家户户将凉床、板凳、锅碗瓢盆什么的都端出来，在门口一字排开，准备吃晚饭，隔壁的、对门的，互相招呼寒暄。忙碌了一天的大人们，此刻才算是真正放松下来。

吃完晚饭，母亲收拾妥当，我和哥哥穿着背心短裤，脚对脚地躺在凉床上，奶奶拿着蒲扇坐在床沿。凉床是用竹篾做成的，常年的汗液将床面浸成了褐色，光滑沁凉。我和哥哥闲得无聊，开始你蹬我一脚，我蹬你一脚，凉床被蹬得"咚咚"响，奶奶的蒲扇伴随着嗔怪，轻轻地在我和哥哥的腿上落下。

渐渐入夜，四周一片漆黑，偶尔有车辆路过，车灯洒下一片光亮，很快消失。仰望天空，密密麻麻的星星挂满苍穹，一条浅浅的白色缎带横在天际，奶奶说那就是银河，牛郎带着孩子住在这边，另一边住着织女。还有排列得像平底锅形状的北斗七星，像柄大勺挂在天上。

那时候的星空，特别清澈明亮，过了很多年后，在城市，星空难得一见，儿时的那片星空在我心里变得格外珍贵。

赶上月明星稀的夜晚，整条街道都洒上一层淡淡的月光，清冷幽静，恍惚中能看到远处纳凉的人影。奶奶坐在一旁，轻摇着蒲扇，念起儿歌：

"月亮月亮粑粑，里头蹲个大大；大大出来买菜，里头躲个老太；老太出来烧香，里头躲个姑娘；姑娘出来梳头，里头躲头黄牛；黄牛出来喝水，里头躲个小鬼；小鬼出来点灯，烧你的鼻子眼睛。"

每每听奶奶念起，我都睁大眼睛盯着月亮，仿佛这样才能看到里面的老太和姑娘。奶奶安静下来了，轮到我和哥哥用不知从哪里学来的滥词小调开始互掐：

"你不跟我玩，拜（别）跟我玩，我到人家找人玩，人家给我一把枪，对你屁股打三枪。"

"我们俩好，我们俩好，我们俩凑钱买手表，你戴戴，我戴戴，你把我手表戴坏了。"

夜深后，屋里的空气也变凉了，我和哥哥在凉床上早已经睡熟，父亲挨个将我们抱回床上。几个小时后，太阳重新升起，新的一天开始了。

后来，家里有了电风扇，晚上再也不用出去纳凉了。

母亲卧室有台菊花牌台式风扇，堂屋的顶上吊了一个绿色吊扇，中间有个红色的灯，吊扇叶子转的时候，灯也亮着。每到晚上，吊扇下面，哥哥睡凉床，姐姐睡躺椅。我酷爱家里那条宽板凳，面板足足有五厘米厚，宽四十厘米左右，我每晚跟练功一样，躺在上面一整夜，从不掉下来。

黑暗中，中间那个红色的灯特别显眼，借着微弱的亮光，依稀能看见快速旋转的扇叶，听着吊扇风声呼呼直响，我常常想："这风扇要是掉下来了可咋办？"

想着想着，几时睡着的都不知道，一睁眼，东方已经露出鱼肚白，门外街道上的脚步声越来越密集，大都是早起去大河的。我脖子上搭条毛巾，嘴上叼着牙刷，趿着拖鞋，睡眼惺忪地到河边洗漱。

河离家不远，过条马路，穿过一条深巷，两排台阶下去，就看见水跳了。水跳用水泥、楼板和青石砌成的，伸过整个河滩，一直到距离河对岸不足二十米的地方，所以不管是汛期还是枯水期，都能满足镇上居民的用水需求。

河对岸便是正东方，太阳还没出来，启明星斜斜地挂在一角，一弯下弦月在空中若隐若现，水面上雾气氤氲，丝丝缕缕升腾缥缈的样子，恍如仙境。

缓缓地，河岸对面的天空变成殷红色，随着天色渐亮，云霞也变得越发耀眼。继而，一轮金灿灿的朝阳从地平线下冒上来，刹那间，天地被染成淡淡的金色。水跳上，来来往往都是赶早担水的男子，清冽的河水盛满两个木桶，在肩头上一颤一颤，一路溢出洒下，背影披着霞光，消失在深巷中。水跳两边蹲满一早洗衣的女人，此起彼伏的棒槌声，夹杂着说话的声音，张家长李家短的，热闹了整条河面。

我穿着拖鞋，蹚着水到深处，在水面没过膝盖的地方停下来，清晰地看到河底摇摆的水草和暗绿色青苔；小鱼游过来，在腿肚子上一阵乱撞乱啄，痒痒的，完全没有害怕人类的样子。我低下头开始洗漱，将脸埋进水里，站起来，深吸一口气，顿觉神清气爽，这样的早晨惬意甜美，充满诗意，让人禁不住屏息凝望和遐想。

傍晚的时候，水跳边常挤满了光身子戏水的孩子，父亲家教严格，从不让我们戏水。哥哥也想下去，便与我好生商量，走到远一点的水域，将衣服脱光，下河，我在岸边给他看着衣服，这样衣服不打湿，也不会引起父亲的怀疑。

镇上只有一个变电所，夏天的夜里，用电量经常超负荷，电压不稳定，停电是常有的。停电对孩子来说是件亢奋的事，因为家里一片漆黑，就可以有最正当的理由出去玩了。

一停电，家家户户便点上煤油灯，那是一种细腰大肚，像葫芦一样的照明用具，透明玻璃容器里盛着煤油，一根粗扁的捻芯浸满了煤油，从灯嘴处被卷上来，灯嘴像极了张开嘴的蛤蟆，点着，再用一个长筒形的玻璃罩罩上，火焰隔着玻璃跳跃着，虽然微弱，但勉强能照明。

街道两边陆续传来说话的声音，妇女坐在门口纳凉，男人们摇着蒲扇找凉快地去，实在没有风的时候，便从街道北头走到桥头，可谓"走路生风"。

父亲一般端个凳子，拿把蒲扇，径直走到桥头。桥位于镇南边，是一座石拱桥，横跨整条河，河道在桥下急速由南北向变成东西向，河对面是平坦的庄稼地，没有丝毫遮挡，所以夜风在水面形成时，经过桥面，很凉快。

夜色澄静，天空挂满点点繁星，斜挂着的一轮明月，洒下一片清冷的光辉，月华如水，水面映月，河面在微风中荡起阵阵涟漪，波光粼粼，桥下的野草丛中随处可见小小的萤火虫，我经常趴在桥栏杆上，激动地对着下面一阵乱喊："萤火虫，快上来，不打你，不骂你，逮到玩玩就放了你。"

现在想来，那段夏天的记忆纯净而甜美，简直近乎透明，看似存在，并近在眼前，其实永远都抓不着了。对于我来说，"那时候，未来遥远而没有形状，梦想还不知道该叫什么名字"。

后来，我去了城市。再后来，有个叫作空调的东西，将夏天变得不再像夏天。

城市的星空，早已被白炽如昼的灯光照耀得无处可寻，有月亮的夜晚，我也会坐在窗前，凝望许久，月辉透过窗户，在房间的地板上铺了薄薄一层，即便如此，这种夜也会让我心跳。

直到去年的春节，我们在西安姐姐家放许愿灯，站在四楼顶上的那一刹，我静默了，挂满繁星的黑色苍穹一览无余，弧形的天幕尽收眼底，突然觉得世界变得好大好大！脑中像是电影回放一样，闪过无数个曾经的画面，心里也变得暖暖的。我看着升起的许愿灯在夜空越飘越高，渐渐远去，直到变成一个小点，抬眼望着浩瀚、漫无边际的黑色天幕，感觉自己竟是那么微不足道。

其实，星空一直都在，就像四季，亘古不变，春夏秋冬交替着，也像太阳一样，每天东起西沉，在日升日落间形成白天黑夜，星空以它自己的方式和运行规律，与这个世界一并存在着。

到冬日，省城的雾霾经常很大，太阳常常一整天都不能露一次面，星空更是没得看了。但星空就像有些人、有些事，虽不能常常看见，但并不代表遗忘。

"我们要求的真的不多，一个眼神，一句话，一场雨，一阵风，或者，是一个点头微笑，只要一点点的温暖，我们都会打开心里的防线，但是，却始终都没有得到，后来小兔子始终没有变成大兔子，小象也没有变成大象，唯一长大的，好像只有我自己。"

变化的是我们，或是欲念蒙蔽了眼睛，蒙蔽了内心，在快节奏的生活里摸爬滚打，我们经常会忘了抬头看看星空。

儿时的夏夜，渐渐成了一幅如诗如画的风景，镌刻在心里，任凭时间冲刷、岁月流转，却始终清晰，恍若昨日。

　　不经意间，得到的同时，也在失去美好的东西，甚至有时候，你会不知道究竟什么是你想要的。

　　人的内心往往越简单，越快乐。心中无杂念，世间无尘埃。

　　因为我始终相信：有阴影的地方，必定有阳光。

# 雪　天

　　已经习惯了每年的暖冬，2015年也不例外，可在大寒那天，暖冬被一股"世纪寒潮"彻底"熔断"了。

　　这次降温源于西伯利亚的北极旋涡，这个平日里"深居简出"的"扫地僧"一出手，堪称威力无穷，一路南下，全国大部分地区气温逼近历史极低值。

　　这次寒潮分为两波，先是暴风雪，再是降温。省城位于江淮中部，而江淮大地在我国版图的中东部，在寒潮的首次阵仗中，出乎意料，并无预想的暴雪降落。

　　阿毛通过微信发来她的工作照片，警车亮着车灯，打着双闪，在省道公路上巡逻，路面满是厚厚的湿雪，被车轮碾过，痕迹清晰可见，白雪瞬间变成了黑色雪渣，路两边的田地一片白皑皑，像是盖了一层厚厚的雪被，完全看不出原来的模样。路边树木也是，落叶的还好，光秃秃的枝丫笔挺地伸向灰蒙蒙的天际，常青树显得就没那么轻松了，树冠和枝丫被覆盖得不堪重负，佝偻着弯下来，偶尔一阵风吹过，缓缓地费劲摇曳着，枝头积雪簌簌直落。

　　而此时，我正坐在位于家乡以北三百公里外的暖炉前敲着字。

　　我想象着笑靥如花的阿毛，这个美丽的警花，立在冰天雪地里，身后是簌簌落下的白雪，蓦地想起：你在南方的艳阳里大雪纷飞，我在北方的寒夜里四季如春。

从三楼的窗户望出去，天空呈现一片死灰般的铅色，只有少量米粒大小的雪花随着风，在空中乱舞，落在黑色的柏油路面上，瞬间消失。

中纬路两旁的梧桐树，叶子早已落尽，留在枝上的都是些形如枯槁的悬铃，和与树干相比已分不出颜色的残叶，像谢了顶的头上仅存的几缕毛发，倔强固执地坚守着自己的岗位。如果不是对面灌木丛和楼下的车棚顶上集落的少量白色，这种午后，与冬日的雨天基本无异。

临晚时分，狂风大作。阳台前是一个露天停车场，肆虐的风席卷而过，将楼下一排樟树吹得剧烈摇摆，封闭的阳台缝隙间传来呼呼的风声。侧过脸望去，单元楼拐角处，一根路灯柱孤零零地杵着，借着昏黄的灯光，隐约能看见对面畅春苑那片小竹林，夜色渐浓，雪花却变得大起来，在灯光下极尽乱舞，不一会，鲜有人迹的石径上落下薄薄一层白色。

半日前还悻悻寒潮不过如此的我，不免变得亢奋起来，多么期待第二天是个冰雪世界。

突然想起小时候的下雪天，那时候的冬天比现在冷，雪也大，总能落下厚厚的一层，而且要过好多天才能融化干净。

一到冬天，一旦阴冷数日不见阳光，天空变成铅灰色，母亲总会叨叨："要作雪了。"果然，先落下的是雪子，虽然落地变成水，但雪子跟雨不一样，雨水落下来是无声的，雪子落下能听见"沙沙"的声音，偶尔溅到窗玻璃上，迅速弹跳起来，又从视线里消失。

随后，坚硬透明的小冰雹被片片白色的雪花代替，仰起脸来，只看见雪片在铅灰色的天幕中飘飘洒洒，一路摇着身体落下来。这样的天，孩子们总是最快乐的。

温度骤降，在还没有暖气和空调的儿时生活中，被窝是极好的去处，于是我总被母亲早早地叫去洗漱，焐被窝。

我上床前特意将临街的那扇窗上挂的窗帘留条小缝，时不时地将脑袋伸过去，看看雪落了多少。沿街的两边和房顶上，先变白，路面由于吸收了车轮摩擦产生的热量，雪落下就能融化掉，湿漉漉的柏油路更显得黑亮了。

雪天的夜也是亮白的，不再是黑寂一片，仿佛余晖落尽的傍晚。透过窗户，能清楚地看见对面房顶上的瓦片和街道上重重的建筑，泛白的窗帘，总让人产生错觉，好像天亮了，一看时钟，时针正指着十二点。

便又侧身睡去，不知道过了多久，恍恍惚惚中，听见有人说话的声音，夹杂着脚踩雪发出的"咯吱咯吱"响声。一睁眼，天早已大亮。我迅速穿衣起身，拉开窗帘，伴随着"啊！"的惊呼声，我能清楚地看见自己呼出的白色雾气。

整条街道一片银装素裹，连柏油路上都积了厚厚的一层雪，清晰整齐的脚印从对面的巷口一直延伸到远处，那是早起去河边担水的人留下的。

家门口的那块方形青石，像是块堆满厚厚奶酪的蛋糕，窗台上、花坛边、沟渠里，早已看不出原来的颜色，全部变成耀眼的白色，像一个个形状各异的白馒头。

母亲一早将收藏的棉衣毛裤找出来，我乖乖地全部穿上，顿觉膝盖处不能打弯。上学一定是要穿雨鞋的，为防止在学校太冷，还要带一双棉鞋。于是只见包裹如粽子的我，肩膀斜挎着书包，手里提着鞋，一脚深、一脚浅地上了圩埂。这条路平日上学很少走，但下雪天的时候，却是必走，因为这条路经过那片美丽的河滩。

冬天是枯水季节，河床变窄，自然便袒露出大片的河滩。这河滩原本就是一片平地，中心有一片柳树林，那是小时候和几个伙伴，在春日里随手插下的柳枝，却不想悉数活了下来，年复一年，那片柳树林竟变得郁郁葱葱，棵棵粗壮。

白雪覆盖下，河滩一片洁白，树叶落尽，黑褐色的柳树干上，半覆着积雪，在白皑皑的天地间显得突兀抢眼，俨然一幅静止的画。钟桥河，这条在新石器时代便存在的母亲河、养育了历代家乡人的水域，静静地流淌着，穿过小镇，我一路沿着她流经的地方，朝学校的方向走去，仿佛行走在冰雪世界。

学校的操场上已经立起一个雪人，圆脑袋上用煤渣嵌出两只眼睛，插了半截胡萝卜做鼻子，下面插了半截绿蒜，像是嘴里斜叼着一根青草。这多半是打铃的李老师堆成的，他平日里住在学校，起得早。

雪成了恶作剧的道具，调皮的男生抓起一把雪，捏实了，趁人不备，塞进前面同学的脖子和后背，伴随着一阵"哇啦哇啦"的乱叫，是幸灾乐祸的爆笑声。

雪后天晴就没有那么美好了。"下雪不冷化雪冷"，化雪的时候让人觉得寒冷彻骨，而且，雪后的美景遭到破坏，路边堆满了残雪，原本白色的雪变黑、变脏，污浊不堪，此外路上的雪水一旦结冰，行人极易摔倒，给出行带来极大不便。

当然，凡事都有例外。

过去南方的房顶都是覆盖瓦片的，化雪的时候，从高处往低处，雪一点点融化，水柱从屋檐瓦片间滴落下来，遇上极寒天气，不等水柱落地，已冻成冰，水柱越积越多，冰也越来越长，到最后，屋檐下挂着一排透明的长冰凌，我们将它叫作冰吊子，那场面蔚为壮观。

我时常踮起脚，用手去够屋檐下的冰凌，掰断一根，握在手里，凉冰冰。用舌头舔一舔，木木的，舌头仿佛都要被粘了上去，那种冰凉透过味蕾传递至身体，沁凉入骨，不过瘾，咬一口，嚼在嘴里，嘎嘣脆，有种吃冰棍的感觉。

雪霁后，阳光照在雪上被反射过来，很刺眼，即使天空澄净无云，这样的冬日依旧缺少暖意，檐下晾晒的衣服很快被冻得硬邦邦，裤子放在地上就能立住。

这样的清晨，还有一个让我兴奋的东西，那就是窗花。室内外的强烈温差，让窗户上产生水汽，经过一整夜的降温凝固，结成薄薄的碎冰，紧紧贴在玻璃上，像松针，像山脉，像花草……总之，能够让我脑洞大开，视线久久都移不走。

很多年都没有再见过窗花，大抵一是因为天气变暖，温差不足以令水汽结冰；再者，现在的窗玻璃多是双层，根本不具备形成窗花的条件。

现在的楼房没有了滴水屋檐，冰凌也是很难再见。

却不想"世纪寒潮"的第二天，起床看见厨房的水龙头下，坠着一根近十厘米的冰柱，不禁哑然失笑，不忍触碰，生怕会破坏掉，低下头，凑近了仔细看。

很久没见过的冰吊子，就这样出现在眼前，似乎不经意间，幸福来得太突然。

无论是雪、冰吊子，还是窗花，物质原型都是水，要经历怎样的骤冷，让自身结构发生改变，才能完成绚烂至极的形态升华，最后，阅尽繁华，趋于平淡，又回归到原来的形态？

人生也是这样，原本以为不会再有、生命中不复存在的东西，往往一个措手不及，便重新出现在面前。

其实无所谓得到与失去，看似得到的东西有时也是虚妄，终不可得，而有些看似失去的东西其实也从未真正失去，只是短暂离开。

"不以物喜，不以己悲"。得到时不沾沾自喜，失去时不郁郁寡欢，得失之间淡定从容。

雪以它洁白的身形，拥抱世间所有的颜色，让绚烂不仅是五彩缤纷，还有银装素裹。表面上，雪包容了所有自然之物，其实，它是以自己单一纯净的色泽，征服了全世界，将世间万物变得素朴，让一切纷争、杂念趋于平淡。

我们唯一能做的就是面对它，摒弃杂念，抛却贪欲，做到天地人合一。

三　那年那月

时间就是这么个东西，拥有的时候从来不觉得少，回忆的时候却总觉得太快。你永远不知道若干年后，对现在此刻的哪个人、哪一幕会念念不忘。

# 外　婆

　　我的外婆出身于民国时期一个显赫的陈姓家庭，排行老大，下面有两个弟弟和两个妹妹，两个弟弟后来都成了国民党高级军官，一个客居台湾，一个隐居九江。

　　外婆是典型的旧时大家闺秀，一双标准的三寸金莲，待人接物、举手投足皆有风度，成人后嫁给黄姓男子，就是我的外公。外公是当时的镇长，家境富裕，黄家之兴盛在当地一时无可超越。由于外婆心地善良，人缘极好，方圆数十里无人不识。

　　外婆一共生了十个孩子，活下来八个，六儿两女，母亲是外婆四十岁时所生，是最小的女儿。母亲三十岁时生下了最小的孩子，就是我，所以我自小就是这个家族同辈人中年龄最小，但在同龄中辈分最大的。

　　外公在三年困难时期的第一年去世，第二年春天，寡母幼女为了不被饿死，小脚的外婆带着母亲，挨村挨户地乞讨。曾经获得外公外婆帮助的人，感念恩情，都会将家里能吃的给她们装上一点；遇到恶犬欺负陌生人，母亲牵着外婆一阵狂奔，鞋子掉了都浑然不觉。一直安逸的外婆哪里受过这种苦，晚上回到家徒四壁的房子，母女俩时常抱头痛哭。

　　"文化大革命"的时候，外婆被当作地主婆到处批斗游街。那时候，舅舅和姨妈们都已成家，只有母亲年龄尚小，未出嫁，一直陪在外婆身边。

这些都是母亲告诉我的，我对外婆有印象的时候，她已经是近八十岁的老人了，牙齿落得一颗不剩，长年绾着发髻，头发梳得一丝不乱，很爱干净，身上的衣服朴素但很整齐。外婆一生都是穿自己做的鞋和衣服，春夏秋冬都是不变的斜襟立领款，盘扣精致美丽，用现在的话说，简直堪称原创艺术品。外婆脚小，买不到合脚的鞋子，就自己纳了鞋底，缝上硬挺的圆口鞋帮，脚尖处绣着不大但好看的花，所以，我一直有种感觉，外婆的喜好并没有随着时代和岁月的变迁而变化，她始终生活在属于她自己的年代里。

外婆八十岁的时候已经耳聋，但眼睛很好。我们说话的时候她听不见，但有时看我们的表情就能猜出大概，她也从不多嘴问长问短，总是面带微笑安静地看着我们。

小时候家里养猫，因哥哥对猫的过分宠爱，半夜里它会窜到房间钻进被窝里睡觉，不管有人没人，猫都会肆无忌惮地跳上房间的写字桌悠然踱步，或是趴着打盹。一次外婆在我们家，她坐在桌边看电视，猫屁股一转，朝着外婆的脸撒了泡尿。母亲生气，随手拿起东西就打猫，外婆没有愠怒，还笑眯眯地告诉我们这事。

外婆因为没有牙，所以很少吃零食。我喜欢攒糖，因为外婆每次来我们家时，我就可以亲手剥一颗糖塞到她嘴里。每次给外婆喂糖，她很开心，我也很高兴。

姐姐喜欢讲笑话，外婆在的时候，虽然不吭声，但也跟着我们笑，有次外婆笑得止不住，我和姐姐停住不笑了，她还在笑，姐姐问："外婆你笑什么啊？"

外婆指指地上脚边的一颗糖，原来外婆跟着我们一起笑的时候，嘴里含的一颗糖给笑掉了。

有一段时间，许是为了打发时间，许是嘴里无味，外婆酷爱吃葵花子。母亲买了生瓜子回来，亲自在大锅里炒熟，用一个小罐装好，给外婆当零食。

每次吃的时候，外婆用小盘装一点，亲手将壳剥掉，放在嘴里，用牙床来回磨几下，也不知道有没有磨碎，反正看着外婆吃起来津津有味，很享受的样子。我常搬个小凳坐旁边，给外婆剥瓜子，看着一颗颗摞堆起来的瓜子仁被外婆慢慢吃完，心里觉得特别舒坦。

外婆极少生病，偶尔染上感冒风寒，三五天就能痊愈。她虽然耳朵听不见，但头脑清晰，身板硬朗，到了九十岁的时候，依然精神矍铄。每年大年初一，去给外婆拜年的后辈们络绎不绝，不管是孙子还是重孙，甚至玄孙，外婆都能一口报出小名来，让我们常常惊诧不已。

后来因为外出上学，每年我只有寒暑假的时候才有空去看外婆。外婆每每看见我，总是一脸惊喜的样子："我的晓伍来啦！"

我喜欢偎依在她身边，扯着嗓子对着她的耳朵说说话，摸摸她长满老年斑的手，那双手已经没有肉，一层接近干枯的皮下面，是嶙峋的骨头。

有一年流行祖母给孙辈送生肖平安符，外婆给我也买了一块，特意叮嘱小表哥放在信封里邮给我。我收到的时候，平安符已碎成两半，但我没有告诉表哥和外婆，怕老人知道了心里介意。我把平安符用胶带粘好，特意挂在脖子上照了相，将照片邮给了外婆。

后来，五舅、大舅分别患了肝癌和食道癌相继去世。外婆一直与五舅同住，那年初冬，五舅去世的事瞒不了她，我眼睁睁看着白发人送黑发人的凄惨境况，外婆悲恸欲绝、头发凌乱的样子，让人心碎。

次年夏天，大舅接着走了，噩耗一直没让外婆知道，出殡那天，送葬的队伍要从家里走到村口的公路。我在前面拿花圈，一眼就看见外婆坐在村口，应该是事先得到消息，在那等着了。外婆已经很消瘦，瘦弱的身体在空荡的衣服里颤抖，她悲恸地号啕却无泪，我的眼泪再也忍不住。

那一年，外婆九十五岁，五世同堂。

村子里开始有一些流言传出来，说外婆的命太硬，将自己的亲生儿子给克死了，但舅舅、舅妈们并没有将这些话真正放在心上。五舅去世后，五舅妈身体也不好，于是几个舅舅商量轮流将外婆接到自己家照顾，每家待一个月。

直到我最大的表哥，次年突然被查出膀胱癌，不足半年也走了，关于外婆命硬的流言就更甚了，甚至舅舅、舅妈们也这样认为。轮流照顾外婆的事由之前的欣然接受，到不得不为之，甚至到厌恶。外婆的身体、精神也每况愈下，耳朵几乎失聪，完全听不见了。我印象中一直安静坦然微笑的外婆，变得木讷颓丧，甚至有些呆木。

毕业后，外出工作的原因，我见到外婆的次数越来越少，却每每想起她坐在村口悲恸欲绝的样子，心里总心疼不已，每次往家里打电话的时候，都会问问她老人家的身体状况。

直到有一天，母亲告诉我，外婆已经入土为安，我顿时责问母亲为什么不通知我回家，母亲像是跟我说又不像是跟我说："老人家解脱了。"

后来才知道，外婆因为遭受严重精神打击，加上九十七岁高龄，生活自理能力远不如从前，到最后竟卧床不起，大小便失禁。

外婆走的时候很可怜，一向爱干净的她，临终时却是邋遢不堪，身上仅有的遗物，是一副金耳环和一枚金戒指，那是台湾的舅公送的。耳环是小巧的五瓣花形状，很精美，可惜这些遗物也被拿去贱卖，充当丧葬费。

母亲一直孝顺，后来四处打听，找到遗物的买主，想赎回耳环和戒指，怎奈遗物被几经转手，不知下落。

外婆刚去世的那几天，母亲坚持守灵不睡，哭了三天三夜，哭困了和衣而眠，醒来又接着哭。

母亲说，那几天，她满脑子里都是当年母女相依为命的场景。

外婆戴着高帽子，低着头，满大街地被批斗游行，外婆到一条街，母亲跟一条街；

母亲扶着外婆，一脚深一脚浅地走过一个个村庄乞讨，晚上到家的时候，冷锅冷灶，临睡前母亲帮外婆挑去满脚的水泡；

春天的时候母亲漫山遍野挖野菜，带回家给外婆充饥；

夏天热，搬了凉床睡在门口，为了躲避山上的野狼袭击，熟睡的母亲被外婆拉起来就跑，拴上门闩两腿打战，才发现两人都是光着脚，鞋都没来得及穿……

我有一次出差，和同事一起跑市场的时候，看到路边有一个老人，身边放着两个黑亮的旧篮子，里面装了半篮大小不一、熟透了的柿子。再一看那老人，绾着一丝不乱的发髻，笑的时候露出光光的牙床，安静地坐在路边，看着来来往往的人也不招呼。

我问同事："想吃柿子不？我请你吃。"

同事一脸诧异，未等他反应过来，我去跟阿婆说，这柿子我全要了，阿婆显然听不见，朝我抿嘴笑。

我对着她耳朵大声问："买光这柿子要多少钱？"

阿婆伸出右手食指，我递给她一百块钱。我和同事蹲在路边开始吃柿子。阿婆从腰上取出一个皱皱巴巴、有些发黑的塑料袋，从里面找出九张十块的，递给我，接过钱的刹那，我盯着那只长满老年斑的手，心里莫名一阵发酸。

柿子很甜，我噙着泪吃完半篮。中午在旁边不远的饭店简单用餐时，我跟老板说给卖柿子的阿婆炒个软烂的菜，加一碗米饭，算我的。

现在，我也有了女儿，母亲也成了外婆。

我尽可能抽出时间，带着女儿回家看看，那里有关于她和她的外婆所有美好的记忆。

# 汤　　庄

小时候家里条件有限，没有什么机会接触外面的世界，记忆中我在离家上学前，去过最远的地方就是汤庄，距离家有两个小时的车程。

那时候只有普通的大巴车，每扇玻璃窗可以拉开，冬天的时候怎么关却总觉得有冷风灌进来，下了大巴车后要转乘三轮农用车。一个男人拿根直角曲形铁棍站在路边揽客，之后将铁棍前端对准发动机眼，使劲一摇，整个车子就开始突突突地抖动起来。狭小的空间里，面对面两排长木条板凳，前面是驾驶室，车厢尾部是敞开的，供乘客上下车。车一开起来，坐在木凳上的身体被抖得一阵酥麻，前后一穿风，夏天倒是舒服，冬天这么一吹，就跟入了冰窖一般，耳朵被马达的噪音灌满，要是遇上个熟人，打招呼的声音都是吼的。

十多分钟，三轮车在一个丁字路口停下，路两边是高耸的杨树。我记得有一次和奶奶一起，我下车后，她来不及下，被车带出好远，她踮着三寸金莲，手搭凉棚状回头寻我。我已记不清当时自己的反应，只依稀记得夏天路边满是杨树带来的阴凉。从岔道走进去，约一公里的路程就是汤庄。

说起与汤庄的渊源，就不得不从我奶奶说起。奶奶武氏，生于江苏溧水武姓世家。武姓始于周，盛于唐，至于奶奶的姓氏族谱与武氏关系已无从考证，但奶奶说，她的父亲曾当地一名医，悬壶济世，富甲一方。家中闲庭深院，小桥流水，亭台楼阁。奶奶的父亲三房妻室却膝下无一子，有女儿五个，奶奶是长女，继承了一手绝学，哪怕是脱臼得浑身散了架，奶奶也能逐一恢复原样。我幼时就亲眼见过，方圆数十里的病人慕名前来，前一秒还瘫着浑身不能动弹，后一秒就能蹦蹦跳跳。

怎奈家业再大，无子嗣终究落得散尽的下场。五个女儿，两个留在了溧水，奶奶和老二、老三远嫁到了安徽，时间久了，难免思乡探亲，才有了后来做主将红姐嫁到了汤庄的事。算起来，姐夫还是远亲，人也忠厚老实，在一家刀具厂工作。

我第一次去汤庄，是七岁那年春节，那时候红姐刚结婚不久，有了身孕。我依稀还记得姐夫骑着一辆二八大杠自行车带着我们去走亲戚，去远房一大伯家，奶奶也在那个庄子上。红姐坐后面，我坐前面大杠上，路上人不多，但冷风直吹。红姐脖子上围着一条大红细黑格的围巾，映衬出新嫁娘姣好的面容，不知是车技问题还是天冷原因，姐夫一路摔了三次跤。

汤庄的年味很浓，一到初八，村上就开始舞龙灯、跳马灯。龙灯跟老家的也不一样，在老家，舞龙前有一个大人鼓着腮帮子吹着一米来长的唢呐，在汤庄，唢呐则被一根根黑色的朝天铳代替，那声音比二踢脚还要炸耳朵。花花绿绿的龙头缓缓在前面摇着并吐着舌头，举龙头的一般是庄里比较有威望的人，后面是一群壮汉，一溜排举起龙的身体，每段龙身里有点亮的蜡烛，身体之间用画有龙鳞片的布连着，最后一段是用横着的扫帚头做成的尾巴。印象中，汤庄的龙灯都是笃定地挨家拜门子，鲜少有舞起来的时候。

更好玩的是跳马灯。跳马灯的是一帮人，他们穿着古代那种衣服，戴着头冠，画着脸谱，环腰束着竹篾扎成的马身，背后挂着旌旗。骑马的是将军，其他人都是穿着黄色的衣服，锣鼓喧天，令旗随着鼓声急缓变换着指挥号令，跳灯的人在场内忽左忽右、忽东忽西一阵跑，其实那是摆阵，大都上演杨家将或三国英雄故事。小时候哪懂这么多，纯属看热闹，最爱看打头阵的荡火阵星：四个穿一身黑衣的精瘦男子，手拿着一根两三米长的软鞭一样的东西，鞭子两头各拴了两个铁丝箍成的球体，里面装满了烧着的黑炭。随着黑衣男子甩开鞭子舞得呼呼生风，铁球里的炭火星也漫天飞舞，煞是好看。

那时我就是一个小屁孩，在大人堆里推推搡搡，根本就看不见。姐夫情急之下，将我扛到脖子上，我生怕掉下来，两腿搭在姐夫的胸前，抱着他的脑袋，从庄北头一直看到最南头。

春节后不久，静静出生了，两口之家变成三口，许是养家压力大，姐夫也由之前的车间工改成跑外销，常年在外。我也开始步入小学，只有放暑假的时候还会跟奶奶去汤庄玩。

再去汤庄时，我有了个很好的玩伴——梅。她大我一岁，是姐夫的表妹，白净的皮肤，笑的时候眼睛弯成一条线，嘴皮利索，做事胆大泼辣，我成天跟她混在一起。

汤庄很大，从进村的主路开始，由北向南是一条水泥路，一直通到村子东南方向的县刀具厂。梅不知从哪弄来一辆二八大杠自行车，以她的身高，连坐都坐不上去，于是她就从大杠下面伸只脚过去，一样把自行车骑得呼呼的。每天我俩无比得意快活地在村里那条路上飞驰，看见奶奶手搭凉棚状站在路边喊："晓伍，回来吃饭啦！"我和梅一阵风似的从奶奶身边过，她浑然不觉，我们开心地大笑起来。

梅家的房子紧挨着村中水泥路的东边，房前有一块两米宽三米长的空地，空地边三四个石阶下去是一个水塘，洗衣、洗菜、担水都是在这里。夏天一早，太阳刚刚升起，我便早早地起了床，跑到水塘边，脱了鞋，将脚伸进水里，看梅在水边洗衣服。

庄子的最南边是一大片田地，梅经常借着去地里拔菜的机会，带我专找地里又高又粗的高粱秆，连根拔起，掐掉红红的高粱穗，坐在路边像啃甘蔗一样啃，秆子不粗，但清甜可口，成为我念念不忘的味道。

记得每年青黄不接的时候，家家户户断粮是常有的事，为节约粮食，梅的家里早晚吃汤饭，就是将剩米饭用水煮开，焖一会，配上自家手工做的黄豆酱，这对我来说也是一道特别的美味。

午后，趁着大人们都午休，梅和我就会跑到村西头那棵枣树下，抡起石头砸枣，觉得不过瘾，梅便"嚓嚓嚓"，小猴一样爬上树。她站在树枝丫间，扯断一根根挂满枣的树枝，扔下来，我就在下面接着，一边摘枣一边往衣兜里装。听到枣树主人一阵吼，我们赶紧一溜烟猛跑，躲到墙根处蹲下，彼此看着对方大笑。

红姐在家养了三只鸭子，原本是一般大小，过了一段时间竟长得错落有致、大小不一。傍晚时，红姐带着排列整齐、摇摇摆摆的三只鸭子，抡个锄头在门口挖蚯蚓，小鸭们争先抢食。有时我和梅光脚在池塘里摸了螺蛳上来，砸碎了挑出肉来喂鸭。三个小家伙后来慢慢长大，每天都下蛋，我可没少吃。

红姐家有个后院，后院靠南边有间厨房，红砖砌成的两间小屋，一间灶房，一间柴房。我印象中灶房逢雨必漏，大雨大漏，小雨小漏。灶是两口锅，里小外大，雨水顺着房梁滴滴答答，落在两锅中间的台子上。没柴的时候，红姐跑去附近的松树林里砍了不少青枝回来，在院里晒得半干用来烧火。

后来红姐一家离开汤庄，去城里做生意，落下空宅，奶奶一人住里面，不愿回安徽来。我的学习压力也越来越大，去汤庄的次数就少了。

直到那年我拿到入学通知书，临行前，父亲嘱咐我和哥哥去看奶奶。

再次踏上村口的那条路时，熟悉的感觉油然而生，却全不是曾经的味道。老宅还是黑砖黑瓦，门前的石阶一直通到路边。我又想起奶奶站在石阶上，手搭凉棚状唤我吃饭，我和梅蹬着自行车从她身边呼啸而过的情景。梅已经外出打工，听说后来嫁给了一个苏北男人，也很少回来。

那次去汤庄只停留了一晚，我和奶奶脚对脚睡了一宿，聊到很晚。大都是奶奶说，我听，她一直叮嘱我一个人在外要小心。奶奶一直爱听我唱戏，我唱了两段，唱着唱着不知道什么时候就睡着了。

醒来的时候，窗户上透出一丝亮光，起身出来，看见奶奶在堂屋里，坐在桌边就着一盏煤油灯搓着什么东西，定睛一看，边上是一堆已经搓好的糯米汤圆。奶奶见我起床，招呼了一声，便自顾自地忙碌起来。

因停电，奶奶一早五点钟就起来摸着黑搓汤圆，做了我最爱吃的炒鸡蛋。鸡蛋她一口没吃，只是吃另一个碗里的咸菜，那天早上我吃的是此生最难忘的早饭。

吃完饭我和哥哥就要回家了，好好的天却突然下起雨来，八月还是暑天，但至今想起那天的雨丝，落到身上都是寒的。

我和哥哥坐在三轮车上缓缓驶出，奶奶一直站在门口，斜倚着那个黑砖黑瓦的宅墙，穿着深灰色棉布做成的斜襟衣褂，手搭凉棚状，一动不动。车子驶出好远，直到村口拐弯的地方，我透过雨丝看着那身影，依然保持着最初的姿势，心头突然一酸，直到拐弯不见。

后来才知道，那是我见奶奶的最后一面。

我到学校两个月后，传来奶奶离世的消息，老人家走得很突然，在房子里走着路，歪了一下身子，后来就觉得头疼，自己躺下，两个小时后就不省人事了。等到父亲驱车赶到的时候，连奶奶最后一面也没见上。

父亲是我一生中见过的最刚强的汉子，他悲恸自责，见到奶奶的一刹，痛哭得犹如一个婴孩，呜咽流涕让旁人无不动容。

奶奶去世那天正好是重阳节，那年的冬天来得特别早，十一月的时候就下雪，我算好了日子赶回家，正逢奶奶过"五七"。

　　带着一堆纸扎的房子和生活物件，从家里出发，我一路强忍着自己的悲痛，车越走越远，路边的景色也愈发荒凉，直到车停下了，穿过一片枯草丛生的小路，眼前出现一座黄土垒成的新坟。

　　我眼睛直直地盯着那堆新土，嗓子眼里一阵堵塞，说不出话，紧接着鼻子和眼眶一阵发热，"扑通"一声跪在地上，额头挨着地，眼泪簌簌地落在土里。

　　我怎么也不能接受，那个雨中斜倚的身影竟再也无处可寻，那个手搭凉棚状，我一生至亲的人……无论我怎样呼唤，只有一抔黄土回以我沉默。

　　奶奶去世后，我忙于上学、工作，有很长一段时间都没有再去过汤庄。再去的时候，经过那座黑砖黑瓦的老宅，窗户依旧，石阶依旧。

　　任凭周边的人事变化，老宅像一段记忆的见证杵在路边，任凭时间河流的冲刷，依旧保持着它旧时的模样，突兀醒目。

　　因雨丝中那个斜倚的身影，汤庄，一度成为我内心深处隐隐的痛。时隔数十年，这个承载了我儿时美好记忆的地方，再次想起，虽然还有些许哀痛，但渐多了几分柔情和温馨。

　　每每想到坚强如山的父亲，面对噩耗时的悲痛欲绝，我便不能自已，"子欲养而亲不待"的无奈及怅然，是刻在我心上一道永远抹不去的伤痕，屡屡想起，总隐隐作痛。感念亲情、珍惜拥有，是我在每一个今天里，唯一能做的事。

# 静　　静

"让我一个人待一会儿，我想静静。"

"静静是谁？"

"……"

不知道从几时起，一度流行起"我想静静"这个网络热句，每次看见我都忍不住微微一笑，原本是"想静一静"的意思，却被曲解成"想一个叫静静的人"。

我们家还真有个静静，她是红姐的女儿，她出生那年，我刚满八岁。

我原本是家里最小的孩子，在哥哥姐姐面前一直不受待见，所以当静静整天跟在我屁股后面"阿姨，阿姨——"地叫着我，抬起小脸，流露出满是期待和崇拜的眼神时，说实话，我还是蛮受用的。

静静出生在莺飞草长的三月，小家伙长得很讨喜，小圆脸，大眼睛，一逗就笑，让人如沐春风，暖暖的。红姐对她也是极尽宠爱，母乳一直没舍得断，吃到快两周岁，以至于到后来，长了一口白牙满地跑的静静，玩腻了，一边叨叨："我要喝妈妈奶了！"一边扭着小屁股往红姐怀里钻，一阵"饕餮大餐"后，用小手将嘴角一抹，又继续玩去了。

许是恋奶时间过长，影响了胃口，静静一直不好好吃饭，抵抗力也差，三天两头生病，头发又黄又稀。每次来我们家，母亲再忙也要特意包一些饺子、馄饨，留着给她专享。

红姐性子温婉却执拗，一是当妈妈没经验，二是经济条件所限，那些年，母女二人都是精瘦精瘦的，让人心疼。

有一年，我随奶奶去汤庄，在一个叫作"双牌石"的小镇上转车，站在路边等车的时候，却蓦然发现红姐抱着静静正立于马路对面，她们方向与我们相反，准备回郎溪。

最后，究竟是一起去了汤庄，还是一起回了郎溪，我已经记不清了，不过我还很清楚地记得红姐瘦削的身形和背影，及腰的长发，呈大波浪自然卷曲，侧影很美。怀里的静静也越发瘦了，脚边有个竹篮，装了几十个青壳鸭蛋，大小明显不均匀，小的像鸽蛋，那是红姐自己在家养的鸭子生下的，舍不得吃，攒下来拿回家给母亲。

长大后，每年的夏天静静都会在我们家过。小家伙从小便刁钻机灵、聪明古怪，大中午的从来不睡午觉，一个人径直往门外去，要找小伙伴玩，没办法，我只能舍命陪君子，也不睡觉，天天看着她。一次，她刚走到门口，我一步跨过去将胳膊伸出一拦，有些小得意地冲着她一笑，她猛地将脸伸过来，在我胳膊上狠咬一口，那凹下去的牙印愣是过了大半天才慢慢淡下去。

后来，姐姐将家里的玩具、饰品一股脑儿拿出来，每天中午跟她玩卖商品的游戏，貌似管用了一阵子。但时间一久，她没了兴趣，姐姐中午看也看不住，便任由她自己出去玩。

母亲不放心，让我去找，正午，我顶着烈日，在河滩上找到她。她和三四个小伙伴，都是对面和后街上的小丫头，分散开来，在河滩上专心找着什么东西。

正午的太阳都不打偏，直直地照下来，阳光是白灿灿的，整个长水跳上一个人影都没有，站在水泥地上一会，就觉得地上的热气直往脚心钻。我的影子就在自己的脚下，太阳火辣辣地在头上烤，身上每一个汗毛孔顿时舒张开来。

　　河滩的西侧是一排黑砖砌成的院墙，墙基处有四块大水泥墩顶住加固，院墙内的一排黑砖瓦房是供销社的员工宿舍，几棵高大的杨树伸出粗壮的树冠。

　　原本是安静的午后，一阵不停歇的嘶鸣声直刺耳膜，显得格外刺耳，知了这么一凑热闹，站在水跳上的我，整个人觉得烦闷、燥热。河滩上是一片平地，夏天水位都退回到正常位置，裸露着的滩地上，半人深的野草和杂蒿一起在疯长，镇上一些居民便将这里当作垃圾倾倒点。

　　静静穿梭在与她个头接近的蒿草间，头发被汗浸湿，贴在额前。许是汗水出得太多，整个两鬓都是湿的，小脸被晒得油亮油亮，许是她注意力太集中，没有发现我的到来。我默默在一边看着，算是搞清楚了，她跟几个小丫头捡纸盒、旧书，集中起来拿到镇上的废品收购站卖钱，买糖吃。

　　那一年，静静也不过五六岁吧，那种执拗和超强的自我意识却像极了红姐。

　　为了不让她整日在垃圾堆里找乐趣，我决定带她做些别的。周末里，带着她逛圩埂，顺着大河一直往东走，河岸边拴了一条水泥小船，有时带她坐坐船，有时没有目的地往田地深处走。

　　经过红薯地，我们就扒两个出来，将泥在草上蹭干净，揣在身上，如获至宝，一路兴奋地回家；遇上甘蔗地，就让她望风，我蹑手蹑脚地弓着身子，进地里拔两根又粗又壮的红皮甘蔗，找个干净的草滩，一人一根，消灭精光；看见长有野菱角的池塘，我用棍子远远挑起结成一团的灰褐色菱菜，摘下零星挂在藤叶间的野菱角，剥开红色的壳，里面白色的肉咬起来清甜爽口。

　　有一年冬天，经过一片荸荠地，一看那地面上已经发黑倒伏的叶子，我就估摸着地下荸荠不少。地也没有开挖，我一时手痒，操起一根棍子开始撬泥土，静静也跟在我后面效仿。不到十分钟，不知哪里冒出来一个彪形大汉，声音洪亮："你是哪家的?! 不要在这里挖！"

"呃……好吧，不挖就不挖，不过好像也没必要告诉你我是哪家的。"我心里暗自想着，悻悻地带着静静走了，耳根一片红，打那以后，我再没动过别人的庄稼地。

由于和静静的年岁相差不大，在我少年的经历中，她算得上是一个重要的参与者。时至今日，提起当年干过的这些趣事，静静依旧清楚地记得细节，且津津乐道。

后来，红姐和姐夫到了城里，做起蔬菜生意，虽然只供应酒店，但仍要每天起早贪黑，静静便留在老家上学，由她奶奶照看着。后来，我也外出上学，彼此见面的次数越来越少，只在过年时能见面。

时间飞逝，静静大学毕业后，工作认真出色，性格依旧好强而执拗，但已经懂事不少。后来，红姐在城里买了套三居室的房子，而我也在合肥安了家。

女儿出生的第二年，她最大的静静姐姐，要结婚了。

婚礼定在正月初六，而办婚宴的酒店是红姐的客户的。姐夫一早按需将最新鲜的蔬菜送至酒店后堂时，正好赶上禽类供货商送货，厨师长跟姐夫熟识，便让其帮忙搬进去，姐夫向来人好，随口应下。谁知搬至后堂时，地面油水混杂，他脚底一滑，整个人身体朝后，仰面重重地摔下，后脑勺头皮摔破，鲜血糊得满脸都是。

这边一早五点钟，化妆师便上门给静静化妆，接到电话的时候，姐夫已经被送往医院急诊缝针。大家都被突如其来的状况搞得不知所措，家中顿时乱成一团，静静听闻，瞬间控制不住情绪，掩面痛哭。

好在姐夫只是皮外伤，缝完针，白纱布包好伤口，用一个网格状的头套固定住，从医院回来不久，新郎便开车接人来了。姐夫衣袖上还沾着点点血迹，和红姐在沙发上端坐着，一对新人跪在面前，新郎磕头表决心："此生定会善待静静！"

姐夫脸上洋溢着幸福的笑容，眼睛弯成了新月，一边的静静早已是泣不成声，站在两旁的亲人们无不眼眶红湿，悄然抹泪。

虽然已隔了数年，但姐夫白纱布上的那点鲜红，却像一道印记，深深刻在我的脑子里。

蓦然，我想起"女儿红"的故事。

"女儿红"原本是一种黄酒，为旧时富豪生女、嫁女必备之物。相传当女儿落地发出第一声啼哭时，父亲心头一热，便用糯谷酿成"女儿红"。仔细装坛封口，深埋在后院树下，就像深深掩藏起来的父爱，没事的时候就到树下踏几脚，心里也变得踏实。待到女儿出嫁之时，掘出地下的酒，色浓味醇，连着数十年的父爱心绪，一并作为陪嫁的贺礼。

姐夫向来敏于行讷于言，不善表达的他却用独特的方式，诠释了浓厚深沉的父爱。

现在的静静，已是两个女儿的母亲，执拗如旧，却也是母爱满盈。她在距离自己父亲最近的地方，安置了新家，每天或早或晚，姐夫都不忘去看望两个外孙女，我想，他每一天的心情一定是幸福而满足的。

"谁言寸草心，报得三春晖？"人只有为人父母之后，才能深深体会到父母对自己的那份恩。

"润物细无声"，亲情便是这样，像大自然的阳光，舒适暖心，无私奉献，不求回报，贯穿着生命的始终。

这种血浓于水、血水交融的亲情，成为生命中最深沉、最持久、最厚重的情感。如影子，无论贫富，无论贵贱，静静地伴你一生，无须言语，无须修饰，也无须寒暄，轻触到你我的内心深处，让彼此感受真爱，让孩子幸福成长，让老人安享晚年。

# 钓　　鱼

随着时代飞速发展，生活也变得数字化、快速化，随之提高的除了物质和精神生活的质量，生活压力也越来越大。"慢下来"成了很多都市人内心的渴望，垂钓渐渐成为"偷得浮生半日闲"的休闲方式。

身边有几个喜欢钓鱼的朋友，周末相约，带上渔具和钓饵，寻一处僻静的水塘，有没有鱼不重要，关键是享受那种抛除一切杂念的垂钓时光。

说起钓鱼，便自然想起我哥哥。

我虽是女孩子，但小时候天天跟在哥哥屁股后面，学会了不少男孩玩的东西，根据取材的不一样，一年四季玩的花样也是各异。

春天滚弹珠，出家门往北，山墙侧边，供销社门口的空地就是场地。夏天坐在青石条上摔泥炮，看谁摔的声音响，泥摔破的洞大者为胜，输者要用自己的泥给对方将洞补上。秋天，乌桕果裂开挂在树上的时候，老远便看见点点白色，抄起一根棍子对着树枝一顿敲打，白色的果子纷纷落下，能捡满两个上衣口袋，用来当作子弹打鸟。冬天斗鸡，我们叫"打腿子"，弯起一条腿往前拐着，用手扳住，单脚蹦跳，用弯着的腿和对方的互相碰撞，弯腿先落地者算输。

哥哥是家里唯一的男孩，生性安静内敛，遇见生人从不会主动问好、说话，别人问起的时候，也只是抬眼低低应着，脸颊绯红。相反，家里的女孩却个个胆大泼辣，外向好动，以我尤甚，话多且聒噪。

哥哥从小就喜欢钓鱼，母亲说在他七八岁的时候，个头还没蹿高，便一个人戴着父亲的斗笠，拿着钓竿出去钓鱼。出去了大半天，直到晌午也不见回来，母亲开始着急，正好赶上舅舅来我们家吃午饭，于是父亲、母亲，加上舅舅开始分头去找。后街的两个水塘、门前的大河、银行后面的水塘，甚至小学校边上的水塘，全部一一找过了，依然不见人影，父母亲慌乱的样子，让镇上半条街的人都知道哥哥不见了。

母亲担心哥哥人小，万一脚滑落水，又不会游泳，越想越害怕，不死心，将找过的水塘重新地毯式搜索了一遍，最后在一棵浓密的楝树下找到一个小身影，戴着一顶熟悉的斗笠。树荫密，人个头小，心急的母亲第一次根本就没有发现树下有一个人，母亲喜极而泣，哥哥却一脸茫然。他钓鱼太专注，完全不知道时间，也早忘了还有吃午饭这回事。

我稍大后，每次哥哥钓鱼都缠着要同去，他总嫌我事多，给他添麻烦，嫌我话多，经常吓跑了鱼，不愿意带我。母亲鉴于往事，还心有余悸，想着两个人同往终归比一个人要好，总是让哥哥把我带上。于是周末总见到一个少年，手执两根钓竿走在前面，有个小跟屁虫一路蹦蹦跳跳，紧紧尾随其后。

哥哥的钓竿，是用从山上小叔家屋后砍的细竹做成的，青绿色的皮，竹节均匀，由根到梢，逐渐变细。竹竿前端梢尖位置，绑上透明的钓鱼线，尾部缠了一根橡皮筋，不用的时候将线拉直，鱼钩钩上橡皮筋，缠好、固定，竹竿轻便，甩起来呼呼生风。

我的钓竿是父亲贡献出来的，从搭豆角的藤架里抽出一根粗细相对均匀的竿子，哥哥帮我绑上钓鱼线，竿的长度只有哥哥的三分之二，但对我来说已经很满足了。

钓鱼前要准备鱼饵，那时候基本都是去挖蚯蚓做饵，准备一把小铁铲和一个空的墨水瓶。我生来就对软体动物感到害怕恐惧，每次和哥哥去炼油厂大院里挖蚯蚓的时候，我都是闭着眼睛下铲。

也不知是油厂的土壤太肥还是那个院里的蚯蚓品种的原因，每次下铲后蹦出来的都是白白胖胖、足足有小指粗细的大家伙，它在地上满地滚，我则被吓得在一边哇哇叫。这种货色铁定是不能用来钓鱼的，几次铲下去，出来的都是同样的品种，几铲子下来，五六条大半根筷子长短、浑身粗壮、白亮亮的家伙，虬曲着身体，满地直滚，那种情景现在想来，我都觉得心惊肉跳。

没办法，最后哥哥亲自上手，换了个地方，不一会就挖了半墨水瓶红色、细长如线的蚯蚓，捏了点湿土放进去，盖上瓶盖，让我用手拿着。我害怕，不愿意，哥哥说既然不敢拿，那就放口袋，我想着那一伸一缩的东西万一爬出来……啧啧，不敢想，还是不愿意。

每次去哪里钓鱼都是他说了算。最后，哥哥一手拿着两支钓竿，一手拿着墨水瓶，走在前面，我只管屁颠屁颠跟在后面。

和哥哥去得最多的地方要算是西街后面的两个塘，一个叫大塘，水深；一个叫桶塘，略浅，能清晰看见水底的圆石。两个水塘呈数字"8"的形状南北各一块，像副眼镜横在镇子和田地交界处。

哥哥每次都是先帮我的鱼钩穿上蚯蚓，从墨水瓶里捏起一条，放在手心，两只手空心掌拍两下，蚯蚓便缩成一团，钩起一头，将鱼钩完全盖住，穿好，我便自己到一边玩去。他离我远远的，择一处深水边，甩下鱼竿，眼睛一眨不眨地紧盯着水面，身子也一动不动。偶尔白色的浮漂轻轻地下沉，又浮起，那是鱼儿在试探；半天浮漂不动，突然下沉，哥哥迅速将鱼竿执起，一条鱼甩动着尾巴被钓了上来。

鱼上钩的那一刻是让人兴奋的，但熬人的是上钩前漫长的等待，我往往撑不到五分钟就按捺不住自己，跑到哥哥那去数数他钓了几条鱼，或是搬开塘边的石头，在石缝里找小螃蟹，玩腻了，再继续钓。每每我也能钓到几尾小鱼，但只有小拇指大小，相比哥哥钓上来的鲫鱼和黑鱼，我钓的更像是鱼苗。

现在回想起来，我那会儿哪是钓鱼，纯是"打酱油"找麻烦的。有年大夏天的，跟哥哥跑到小学校后面的水塘边，找一处树荫蹲下，刚钓上不到二十分钟，我玩腻了，也嫌热，便嚷嚷着要回家。哥哥顶着烈日将我送回去，他自己再回去钓，细想，我这种缺乏耐心、好动的心性委实不适合钓鱼。

有段时日，哥哥在老家承包了一片七十亩大小的鱼塘，做着他最喜欢的事。

每天晨起天还不亮，披着雨露，哥哥划着湖心舟去水塘中间收网。待到东方的天边刚露鱼肚白，小舟停靠岸边，父亲早已准备好盛鱼的桶，装上鱼后一路驱车赶早市，到市场不到一小时鱼全部售罄。哥哥养的鱼不喂任何饲料，鱼肥肉香，毫无土腥气，根本不愁卖。

鱼塘风景很美，周边是田地，西南角是一片芦苇丛，整个塘面呈 S 形，四面到处是及人高的灌木。找一处阴凉，我放好马扎，戴好帽子，吃着水果，吹着微风，看水面波光粼粼，芦苇叶子在风中轻舞摇曳，好不惬意。从中段拐角处往鱼塘尽头望去，一潭池水呈碧绿色，静谧深邃。

不远处的哥哥脖子上搭条汗巾，站在太阳底下，头发被晒得油亮，眼睛一眨不眨地盯着水面。不到两个钟头的时间，钓上来的鱼将小桶几乎装满。

钓鱼看似简单，其实充满了人生的哲理与启示。

钓鱼的过程中，在钓者与被钓者间，往往就是一种博弈。

钓者尽管可以抛出自己的诱饵，但也需付出耐心和等待的时间，急躁则无获。被钓者在诱惑之下，如果能不为所动，则相安无事，如果克制不住自己，跃跃欲试，则很可能落入圈套，成为他人桌上餐、碗中肉。

人生何尝不是如此，面对所谓功名利禄的诱惑，我们该如何克制自己，保持冷静的头脑，不为隐藏在诱惑背后的利剑所伤？看似美好的外表，往往存在着致命的陷阱，清楚地知道自己内心想要什么，取己所需，勿起贪念。

作为钓者，更不应该急功近利，急于求成，那样非但钓不到鱼，反而会失去手里的鱼饵，心态不好，最后导致一无所获。

由此可见，凡是成大器做大事的人，必须付出足够的毅力和耐心，除此之外，还需要有勇气，有胆识，有智慧，有谋略，有良好的心态、脚踏实地的作风，才会为自己争取到想要的人生。

正所谓：人生大钓场，钓场小人生。

那么问题来了，钓鱼的人和鱼儿都这么有智慧的话，那还钓什么鱼？

其实精英只是少部分，更多的只是同类中的普通一员，所以总会有愿者上钩。

# 小　云

　　算起来，小云应该叫我小姨，她是我亲姨妈的外孙女，表姐的女儿。

　　我第一次去小云家，是在一年春节时，随母亲和三个舅妈去她家吃饭。正端着碗刚要吃，只听见一声尖厉的啼哭声，循着哭声望去，门边蹲着一个小男孩，是小云的二弟，问哭的原因，才知道当时我用了他的小碗。大人们百般训斥他，却没有将我的碗换下，我当时也不知道该怎么办，只觉得脸一阵红，那顿饭也吃得食不知味，那一年我七岁。

　　后来很多年里，表姐夫每年春节来我们家给父亲母亲拜年，虽然和表姐一家有走动，但也仅限于亲戚层面，并没有什么特别交往。直到上了初二，小云插班，和我成了同班同学。

　　小云大我一岁，按辈分却要叫我"小姨"，人前她直呼我的姓名，私下里才会叫我姨。她个头比我略高，大眼睛圆脸，皮肤特别白皙，是我见过最白的女生，扎着马尾辫，许是黑色素少的缘故，头发显出一丝自来黄。她很害羞，人多的时候，正说话呢，没来由就一阵脸红，那白皙的脸颊上飞来两朵红云，显眼又美丽。

　　刚插班进来的时候，她和我同桌，我突然有种相见恨晚的感觉，心里不禁奇怪，明明是亲戚，怎么这么多年都没一起玩过？有段时间我们几乎形影不离，恨不得每天黏在一起，上厕所一起，放学一起，连课间我给老师送作业本也要她陪着，也不知道哪来那么多话，下课时说，上课时也说。

有一次上物理课，老师在上面大声说，我俩在下面小声说，趴在桌子上嘀嘀咕咕，以为老师看不见。终于，老师忍无可忍，一脸怒气，憋红了脸，眼睛瞪得滚圆："你们两个，不要再讲话了！"班上其他同学齐刷刷地看过来，我俩恨不得打个地缝钻进去。我这脸皮厚的都招架不住，小云就可想而知了，脸上的红晕整节课都没有消散。

课余时间，我们常在一起练字，课本的边边角角都写满了黑压压的钢笔字。很多年后，她提起我在初二的时候，就已经写了一些很有意境、文字优美简短的小诗，我已经没多少印象，她却始终记忆犹新。提起往昔，她对我的敬佩之情犹如滔滔江水连绵不绝，这让我受用了好一阵子。

母亲一直对我管得紧，对我期望也很高，生怕我贪玩影响了学习，即使周末我也很少有外出的机会。在小云的提议下，我非常期待周末能去她家玩。记得第一次去她家，还是小云亲自上门给母亲做工作，最后母亲才算答应了。

那天，上完周六上午的课，我连家都没回，就跟着小云一起走了，与小云家同方向住的同学有不少，大家都是结伴而行。穿过街道，沿着公路一直往北走，微风拂面，两边是绿色的庄稼地，路边生长着灌木，漂亮的野花随处可见，稀稀拉拉的白杨树耸立在道路两边。路上车辆太多，我们在公路的最边缘走，没有柏油，是一层细石子。

过了马义山，路东边有一个大水库，河埂高出路面两米多，从下面走根本看不见水。水库南边有条小路直通到里面的村庄，继续往北去，已完全没有了小镇的热闹喧嚣。庄稼地越来越少，土质也越来越差，裸露的土壤现出红色，这是碱土，无法种庄稼，栽满了杉树和松树。一些不成排的房屋或隐在松树林中，或屹立在水塘边，三两只白鹅黑鸭欢快地在水塘里嬉戏。

我看什么都觉得新鲜，踢着小石子，哼着小曲，一路欢声笑语。

走了约两里路，过了新华村，从路西左手位置一条笔直宽敞的乡村土路拐进去，往里走约五十米，向北转进一条崎岖不平的小道，经过一片鱼塘，再往西拐，如此九曲十八弯地经过一块块或四方形或不规则的田地，便到了村口位置。入村的地方有一个长条形水沟，沟里水不深，能看见水草和青苔，沟两边灌木丛生，歪歪扭扭地立着几棵成形的柳树和泡桐树。

村口进去，有一块空地，长着几棵粗壮的泡桐树，树有些年份了，树冠枝繁叶茂，高高地耸立着，越过房顶。太阳从枝叶间隙照射下来，抬眼望去，格外刺眼，阳光透过密密的树叶，在地面上形成一个个圆形的光斑，枝叶随着微风摇曳，地面上斑驳的树影也跟着微微晃动。

穿过树荫，位于左手边的前方位置，一排黑砖黑瓦的三间平房就是小云家。房子是那个年代标准的住房，黑砖黑瓦，东西两边是两间卧房，中间是堂屋，朝南是大门，北边东侧有一扇小门，这种侧门我们通常称之为"腰门"。

以前大门是不带锁的，我家的也是，只是在外出的时候，在门外将锁扣扣上，加把明锁。两扇门板后面各有一道竖条式的栓道，栓道分上下，各有两个活动门闩，晚上睡觉前，将门闩相向插上，把门闩底下的保险扣扣上就行了。

紧靠着平屋的西侧墙，还有一间红砖小房。小房里面分为两间，东边一间是厨房，一个老式的大锅灶台，东西方向垒成；灶膛在西侧，边上是柴堆和洗漱台，墙角放了一个蜂窝煤炉，东侧是碗柜和简单家具，与厨房一墙之隔的西边，有一个小房间，摆了一张饭桌和一张床。

小云的卧房位于主屋西侧，一间房隔了三分之一做粮仓，房间内有一张木床和一张书桌，靠北的墙面有扇木制窗框的窗户，房间里的灯泡用根绳子牵下来，吊在书桌前，灯的开关钉在墙壁高处，也是由一根绳子拴着吊下来，系在床头的扶栏上。

小云在家里是老大，还有两个弟弟，他俩住在西侧的小房间里。兄弟俩性格迥异，大弟纪，安静内敛，温文勤勉；小弟限，就是当年我用了他的碗，哭着不肯吃饭的那个，活泼好动，聪明机灵。三个孩子非常懂礼貌，很小就帮父母分担家务，知冷知热，乖巧懂事。

表姐夫和表姐两人除了要忙活家里、田里的事之外，还特意为我的到来，做了一桌香喷喷的丰盛饭菜。

到了夜晚，那种农村特有的静谧让我记忆犹新。我自小在公路边长大，习惯了白天黑夜的嘈杂声，对汽车鸣笛声、柴油机嗒嗒声、轮胎与路面的摩擦声，早已经习以为常。在小云家的第一个晚上，除了远处偶尔传来一两声狗吠，整个世界像是进入了沉睡状态，变得悄无声息，安静得有些出奇。一是觉得新鲜，二来也是不习惯，我和小云躺在一个被窝里，嘀嘀咕咕直到半夜。老房子隔音效果差，隔了两堵墙的姐夫估计也被我们吵得睡不着，躺下好久，还能听见姐夫咳嗽的声音。我和小云聊着聊着，睡意渐浓，半天，她才突然冒出来一句话，我隔数秒，才"嗯嗯"地应承着。过一会我迷迷糊糊中突然想起什么事，问她，已经没有了回应，耳畔响起一阵细微的鼾声。

第二天一早，窗外刚微微发白，就听见一声响亮的公鸡打鸣，瞬间屋前屋后一片此起彼伏的公鸡叫声，狗也跟着欢快地叫，将周日的早晨变得无比热闹。

起床，到隔壁小房洗漱，纪和限已早早起床，叠好被，将煤炉开封。在炉子上焐了一个晚上的水壶已经"哼哼"直响，水壶嘴呼呼往外冒着热气。两只大鹅坠着肥重的屁股，在厨房地上来回踱着步找吃的，不时伸长脖子吃一口煤渣。我和小云迎着曙光，并排站在檐下刷牙的时候，小屋的拐角隐隐有人影闪过，看来早起的人真是不少。

洗漱完，表姐已经准备好早餐，一阵风卷残云后，房子后面隐着的身影也现身了。那是小云村上的两个同学，跟姐夫是一个姓氏家族的，拐几个弯都还能沾上点亲。两个人一个穿一身黑，另一个穿一身黄，听纪说他俩小名就叫黑狗、黄毛。

黑狗、黄毛，加上小云和我，正好四个人，我们在一起玩得最多的是打牌。纪也在边上看着，经常当我的军师，偶尔也做做替补。他俩不在的时候，我和小云姐弟仨在小房间里唱歌，那时候最爱小虎队的歌，偶尔我也会来一段黄梅戏。

虽然娱乐项目有限，但对我来说，这样的周末是愉快难忘的。开心的时光总是过得特别快，周一早上我们吃饭的时候，黑狗和黄毛已经背着书包在门口等着了，匆匆吃完早饭，和表姐夫、表姐道别，一行六人，浩浩荡荡地去上学。

春天的早晨，微微下过雨，路面不算潮湿，但空气中明显能嗅到青草和雨水的气息，清新湿润。穿过入村口的水沟，九曲十八弯，拐过一条条崎岖不平的村路，经过那片水塘，远远看见那条宽敞的土路，上了柏油路径直往南走，我没打弯回家，而是直接去了学校。

这样的周末，我记得有过好几回，现在想来，当年小云家原本就不富裕，还要特意为我的到来准备、忙碌，给表姐夫和表姐带来诸多叨扰。再后来，我外出上学，小云辍学打工，贴补家用，我们之间有几年的时间一直保持书信往来。

那时的我对社会和现实还懵懂无知，对小云的辍学也是诸多不理解，在我的挑唆鼓动下，小云曾经努力过，尝试去大城市闯荡，但最终无果。表姐对此心有怨气，向我诉说，我熟知情况，心虚理亏，不敢言语。自那以后，我再也没有去过小云家，也没有机会向表姐夫和表姐道声歉，一为当年的叨扰，再为曾经的无知。

刚开始那几年，每次坐车经过小云家那条熟悉的村口土路，我都能依稀辨认得出，远远望去，还能看见那片水塘。后来，路两边盖起新的门面房，原来的土路也被水泥路代替，我再也寻不着去小云家的路口了。听说1999年的那场大水，将小云家的老房子推倒了，姐弟仨后来都离开了村子，表姐夫和表姐如今也搬到了县城居住。

再见小云是前几年的同学聚会，她搂着我的肩，抓着我的手，将头搭在我身上，尽管无言，但我能读懂。提起当年我俩天天在学校后面的河堤旁漫步、看书的日子，我们仍是一脸的兴奋，眼中充满了憧憬和迷离，恍如回到那年、那月。

曾有缘在合肥见到纪，这么多年过去，纪已经由安静内敛的小男生，蜕变为成熟老练的学校领导，思路清晰、能言善辩、落落大方是我对他现在的印象，但音容未变，恍惚间，我又看到那个在小房间里，手忙脚乱指挥我出牌的小纪。

时光就是这么个东西，如白驹过隙，拥有的时候从来不觉得少，回忆的时候却总觉得太快。你永远不知道若干年后，对曾经的哪个人、哪一幕会念念不忘，所以更要珍惜眼前人，过好每一天，不给自己留遗憾，也为将来留下更多的美好回忆。

# 洪　　灾

自小便对水有着说不清的情愫，大抵是因为生于江南，天性喜水。在河南工作的那几年里，黄河一过，整个豫北便不见水滩，多的是中原大地的粗犷和一望无际的平原，总觉得少了一丝灵气和柔软。

在去三亚前，看大海曾是我的夙愿，可当 2010 年自己真的站在三亚湾海滩的时候，却没有太多期待中的惊喜。

酒店出门往左拐 20 米，过一条柏油路，就是三亚湾海滩，直直的椰子树沿着海边的公路，挨排有序地成为一道风景。不远处在建的三亚最豪华的帆船酒店，架构已经完工，能清楚地看见脚手架。空气中弥漫着咸腥的味道，海风不大，一股股浪潮冲上白色的沙滩，退下去的时候，留下凹陷的痕迹。

我的脚底是细软的沙子，前方地平线没有任何建筑，水天浑然合一，这场景在脑海中似曾相识，却又不尽相同。这时候，突然想起小时候经历的洪灾场面，那种内心的焦虑和无奈刻在心里，记忆太深。

每年的六七月份，皖南的天空总是被厚厚的雨云遮盖，滴滴答答的雨季长达一个月之久，这就是母亲说的"入梅"，是江南特有的天气。

每年的梅雨季节快到时，家里的青石墩上能看见明晃晃的水珠，墙根处的水泥地上也是一片湿漉，这便是所谓的"回潮"，要下雨的前兆。

一旦下开，老天像是被捅破了似的，常常是没日没夜不停歇，雨水从房前屋檐落下，像一连串的珠子，落在门槛外面的石板上，滴落处有一排大小不一的浅窝。这样的雨天，我常常搬个小板凳，坐在门口，看着檐下水珠准确无误地落入浅窝中，上学了以后才知道这叫"水滴石穿"。

这种天，大人一般会比较闲。母亲会将新收上来的蚕豆煮成五香豆。我经常一手端着碗，一手捏着豆往嘴里送，看着雨水在屋檐下形成一道水帘，透过帘幕望出去，细密的雨丝斜着落下来，在街道上形成大大小小的水坑。来往的车辆从水坑快速轧过，溅起的水花在空中形成一片湿雾，对面的房子也变得朦胧起来。

小时候好奇心强，常常将脑袋伸出屋外，180度扭过去，看雨水究竟怎么落下来。只看见头顶上灰蒙蒙一片，还没看清楚雨水怎么掉下来，满头满脸已经浸湿，母亲见状总要嗔怪我："真是个小十三点。"

梅雨季节给我儿时生活带来的影响，不仅是潮湿的空气和终日看不见阳光，还有可怕的洪水。似乎一夜之间，原本浅浅的水塘变得满满的。穿过小镇的那条河，通过郎川河、水阳江和长江相连。那时候河床疏于治理，日久变浅，根本经不起这种淅淅沥沥的雨季，水会很快盖过河滩，冲到圩埂下。圩埂近三米高，呈梯形，绕着河西岸边一圈，将小镇与河水区隔开来，小镇可以保住，但河对岸的田地和村庄屡屡受灾。

从记事起，每年此时，深夜的窗外是滴答入耳的雨声，屋内是母亲深深的叹息。不谙世事的我，不知道，也没想过，将会面临怎样的灾难。放学的路上，我时常站在三米高的圩埂上，往下看去，有种看海的感觉。

一眼望去，汪洋一片，视线所及之处没有阻碍物，偶尔有屋子露出三角形的房顶，或是树木伸出顶部细细的枝丫，平日里美丽的河滩早已被河水淹没。河对岸是一片庄稼地，往日的绿色全部从视线里消失，清澈的河水也变得浑浊不堪。树枝、垃圾、水草，甚至塑料袋，随着水流四处漂移，时不时形成一个个旋涡，聚成一团更大的垃圾漂浮物，缓缓往水流湍急处漂去。

有一年，水位不停地涨，雨却依旧没有要停的意思，直到水从台阶处涌入巷口，穿过巷子就要上马路了，父亲终于按捺不住，将粮食、炉子、蜂窝煤、锅碗瓢盆等一应生活用品装上板车，由奶奶牵着我，连同哥哥姐姐，往马乂山的小叔家走去。

小叔兄弟三人皆是父亲的堂弟，平日里都尊敬地称父亲为"大哥"，许是这原因，父亲才放心地让自己的老母亲和儿女寄住在那里，而父亲和母亲依然在家中留守。

奶奶除了照顾我们几个孩子的生活起居之外，每天都会打听镇上的水情。后来才知道，镇上自发组织抗洪抢险队，父亲是主力队员之一，扛沙包、打木桩，哪里有险情往哪里去。母亲则将家里其他的东西一一打包，高高架起，等着水退下去。

那些天，父亲和母亲究竟在家里怎么过的，我已无从得知，但我还记得住在小叔家的那些天，每天奶奶只能给我们在蜂窝煤炉上熬些稀饭，就着咸菜果腹。没有蔬菜没有肉，唯一的水果是从小叔家屋后的桃树上摘下的长着白毛的青桃，咬一口，酸涩得龇牙咧嘴，眼睛都睁不开。为了摘到高处的毛桃，我时常爬上枝丫，糊了一手透明泛黄的桃树胶。

那个年岁的世界里，根本不知烦恼为何物，终于熬到父亲接我们回家，街道上虽然随处可见洪水过后的垃圾，但很快便又恢复了往日的热闹。

还有一年，水已经没过街道，淹到家门口的门槛石上，我们待在家里，一刻不敢离开母亲，也不知接下来去哪里。那种焦虑和无助，时隔多年，依然清晰地印刻在脑海里。

正在一家人六神无主的时候，一条木船停在家门口，撑船的人好眼熟，再一看，原来是五舅！用现在的话来形容，就是：脚踩着五彩云来搭救我们了！

母亲简单收拾一番，将我们一一扶上船，父亲将家门锁起来，立在船头，和五舅一边说着话，一边帮忙撑船。母亲坐在船尾，望着家的方向，沉默良久，转而低下头用衣角轻轻拭泪。母亲向来好强，我想她心中除了那种有家不能回的无奈，更多的是对五舅的感激吧。

我坐在船中央，四处张望着，平日里车来车往的公路上，竟划起了船，对我来说一切都那么不可思议，浑黄的水就在船舷下，触手可及。船一过了桥，视线立刻变得开阔，两边没有建筑，完全是大海似的汪洋。桥栏杆两边的旋涡很大，也很多，卷起一堆堆黑色的垃圾，往西边的水域迅速移去，那是我第一次在灾难面前，觉得人类的脆弱和渺小。

在舅舅家整整住了一个月，我们像是被困在湖心岛，村子的四周都是洪水，常见到撑着小木船出入村庄的人。这次洪灾期间，我曾亲眼见到天上盘旋的飞机，往村口的空场地上抛撒食物。

洪水渐退下去，父亲一人先回了家。整条公路上，四处是水退尽后留下的垃圾，还有一些蛇的尸体。屋子被水泡过，地面和墙面都是湿的，父亲将门打开晾晒通风，数日后母亲带着我们回了家。

洪灾过后，最现实的莫过于一家老小的吃饭问题。记得一位在粮站工作的阿姨，给母亲弄了几百斤被水泡过的大米，母亲时时不忘，感恩戴德了很多年。也是从这次受灾后，母亲每年都习惯性地囤购粮食。

那些年，洪水经常肆虐，政府开始兴修水利，每年的汛期水情有所好转。直到1998年，那年应该是长江水位最高的一年，多年不被淹的小镇再度受到洪水冲击，甚至整个县城也没有幸免。

洪水进到家里，淹到脚踝的位置，那时候家里已经是楼房了，家人没有四处避难，而是住到二楼。父亲坐在阳台走廊上，看着每天的水位涨退，像往常一样，跟隔壁邻居悠闲地打着招呼，再也没有以往在洪灾面前那种孤立无助的紧张与落魄。

1999 年以后，家乡再没有发过洪水，河道南边建起漂亮的沿河公园，柏油铺建成的双向车道，宽敞而平坦。河岸的斜坡上铺满绿色草皮，零星点缀着颜色艳丽的小野花，远远望去，煞是好看。

如今，每年的梅雨季节依旧雨纷纷，人们议论的话题却再也没有发大水，即便是河里的水位涨上来，也会迅速泄洪，第二天便明显退落下去。相反，整个雨季里，小镇的生活变得更悠闲，母亲除了准备每日三餐，竟有了时间去隔壁婶婶家串门聊天。

灾难面前，人性尽显，在受难时，人的内心不自觉变得更为敏感，受惠于人的母亲，念念不忘那些年所有帮助过自己的人。

我时常忆起母亲坐在船尾流泪的表情，其实应该感谢这些曾经的苦难，回过头再看，是这些苦难让我成长，让经历过的人变得更坚强。

那些年月里经历的落魄和贫穷，成为我一生难忘的记忆，让我更珍惜现在的美好生活，也让我全身心地孝敬父母，期望在他们的有生之年，尽我所能，让他们不再承受往日之痛。

# 吵闹的幸福

据父亲说，第一次见到母亲是秋天，空气中四处弥散着沁人心脾的稻香。

大片黄澄澄的稻田，翻滚着层层金浪，沉甸甸的稻穗，株株颗粒饱满，随着风轻轻摇曳，在阳光照射下，金黄锃亮。母亲扎着两根麻花辫，隐在半人高的稻丛里，挥舞着镰刀，不时弯下腰，又站直了身体，用袖口擦着汗，在稻丛中映现出好看的侧脸。

那一年，母亲十八岁。

父亲自小在镇上长大，爷爷以竹篾手艺谋生，俗称"篾匠"，在临街的家里开了个店，那时候的竹篾品大都是家庭日用品，有竹筛、竹席、凉床及各种农具。有一年，爷爷托人给父亲做媒，女孩子便是母亲，父亲听说后一口应承。

那一年，父亲二十岁。

外公曾当过镇长，在三年困难时期去世。"文革"开始后，外婆被四处批斗、游街，母亲也被扣上地主后代的帽子，压得她一直在人前抬不起头来。

"文革"第二年，母亲嫁给了父亲，那一年，母亲二十岁。

由于家庭成分不好，母亲在嫁过来的很长一段时间里，一直过得谨小慎微。当时主家的是奶奶，对待母亲和姑姑两个同龄的女子，奶奶的态度相差甚远。父亲是独子，向来孝顺，母亲也一直隐忍。

那时的父亲年轻帅气、身材修长。在家里仅存的那时的一张照片上，父亲浓眉大眼，梳着那个年代最流行的"一边倒"发型，标准的国字脸，眉宇间透出一股英气。后面的十年里，我们相继降临到这个世界上。

我记事后，接近不惑之年的父亲，已是个一百六十斤的壮汉，身形敦实，全然没有了年轻时的瘦削修长。生性爽朗却不苟言笑的他，在静默和大笑时，眉宇间的英气尚在，但因肥胖也多了一丝迟缓和木讷。

而此时的奶奶，已经是近八十岁的老人。奶奶一直很注重保养，床头一张老式梳妆台的抽屉里，常年放有一瓶鱼肝油，咖啡色的小玻璃瓶里，躺着一粒粒浅黄色、椭圆形的透明软胶囊，一天吃一粒。尽管已是耄耋之年，她却耳聪目明，行走时步伐轻盈利落，言谈举止间，那种一家之主的霸气仍存。

婆媳之间的关系原本就很微妙，难以调和，加上因家庭成分高，在"文革"漫长的岁月里，母亲受尽了奶奶的颐指气使，每每家中发生争执，奶奶便逞口舌之快，"地主的女儿"成为母亲内心背负之痛。父亲身处两难境地，虽然从不像奶奶把"地主的女儿"挂在嘴上，但愚孝的思想使他对奶奶的说辞也无可奈何。母亲自然承受更多委屈，有苦不能回娘家诉，长期郁闷气急，让她患上严重的胃病。

母亲聪颖能干、精明利索，加上勤勉持家，渐渐取代了奶奶一家之主的地位，掌管家中财政大权。许是压抑太久，许是骨子里的好强，许是对父亲愚孝的不满，我童年的印象中，母亲和父亲总是争吵不断。

母亲的记忆力好得惊人，总能将曾经在奶奶面前受的气一一道来，其中六要素一个不少，时间、地点、人物、起因、经过和结果，跟祥林嫂一样，反反复复跟我们叙述当年所受的委屈，直听得我们个个耳朵起茧，她一开头，我们便能完整地叙述出接下来的事件。父亲口拙，每次静坐在一边不吭声，不争辩也不反驳，只是嘴角拉的角度越来越大，面无表情，不等母亲喋喋不休地说完，父亲已经愤然起立，转身出门而去。

我长大后，他们争吵的理由不再是奶奶，却是鸡零狗碎，千奇百怪。比方经常为怎么挤牙膏而吵起来，父亲坚持从后往前挤，母亲则要随意很多。其实我一直也想不通，怎么就不能从中间挤了？

每次牙膏用完后，父亲将牙膏皮剪开，也遭到母亲一顿数落；或是父亲洗完脸，毛巾不过水，洗脚时水太少，被母亲戏谑"蘸酱油"；母亲在收拾小仓库时，发现早被扔掉的一双旧鞋，又被父亲捡回藏着，如此等等。父亲固执而倔强，从不认为节俭的习惯是种错，尽管一再遭到母亲的数落，却依旧我行我素，坚持不改。

如此一来，很多次争吵都是为同一件事，一向不善言辞的父亲是说不过母亲的，默默听完一阵连珠炮式的数落后，父亲经常丢下一句话："我喜欢！我高兴！"瞬间堵住母亲的"开炮"，接下来是数日的冷战，两个人彼此不理对方。

这种冷战在饭桌上尤其明显。小时候家教很严，一家人不聚齐，不会开饭，食不言，不能发出"吧唧吧唧"的声音，右手拿筷，左手必须扶碗，不许洒饭、漏饭。父亲向来只坐上席，母亲习惯坐在父亲的右侧，一旦两人冷战，她便端着碗坐在下面，不上桌。整个吃饭的过程中一片静默，没有任何言语沟通和交流。已会察言观色的哥哥和我心知肚明，低头默默地快速扒完碗里的饭，便乖乖去上学了。

父亲胖了以后，夏天怕热贪凉，从外面回到家第一件事，就是将风扇打开对着身体吹，母亲见状，似关心更似斥责："攒劲（使劲）吹哦，你怎么不钻到电风扇肚子里去！"

父亲并不理睬，自顾吹着，见父亲无动于衷，母亲气呼呼地说："这么贪凉，吹感冒了又要害人咯！"

有次父亲午休时没盖被子，感冒受凉，母亲一边像唐僧一样叨叨不停，一边忙不迭地去诊所给他买药。

父亲不勤换袜子，也能成为争吵的原因。母亲的理由是：脚每天出汗，袜子脏了必须要换；父亲则认为，袜子不臭还能再穿一天。

离家工作后，即便从电话里，我也能非常敏感且准确判断家里的气氛。母亲也不避讳，虽从不主动说，但对我也不隐瞒。

"怎么了，跟老爸又吵架啦？"我在电话这端笑着问道。

"你怎么知道的？"能想象出母亲一脸惊诧的表情。

"还用问吗？我鼻子不用闻都知道。又为了什么事？"

母亲在电话里絮絮叨叨："昨天那么热，让他洗澡，把换洗衣服全拿好了，结果就是不肯洗，说抹个身就行了。抹身就抹身，那也得换衣服啊，出了那么多汗，哪能还穿脏衣服？"

我笑着说："你管他呢，是他穿脏衣服，又没让你穿。"

"那怎么行？穿了不难受吗？身上有味道的啊。"母亲在电话那端理直气壮。

我不禁哑然失笑，自从我离家后，家里就只剩二老，两个人依然会为了这些鸡毛蒜皮的小事情吵得不亦乐乎，看似埋怨、斥责，却充满了关心和温暖。

我女儿小的时候，母亲帮忙照应，随着我在省城生活了几年，父亲习惯了小镇生活，执意留在老家。他们虽然这么多年争执不断，却彼此不离不弃，现在父亲一个人在家，完全没有生活自理能力。

趁着出差的间隙，我回家看过父亲几次。一早天还没亮，父亲早已出门锻炼，等我起床后，早点已经放在餐桌上。中午做饭时，父亲执意不让我插手，于是我站在一边看他手忙脚乱地炒菜做饭。炒了两大碗苋菜，中午吃一碗，晚上吃一碗；煮了半锅米饭，中午吃不完，晚上热了接着吃。我打开冰箱，半碗丝瓜汤已经不知道放了几天，抽屉里放了几个散发着异味的咸鸭蛋，我全部给清理扔掉。这是我能看到的，我不能想象母亲不在的每天里，他一个人过着怎样的日子。

晚上我洗完澡出来，父亲坐在电视机前，低垂着脑袋已经睡着，电视里还放着战争片。家里楼上楼下，堂屋和房间里空空荡荡，只有电视里的声音和父亲发出的轻微鼾声。这样的夜晚，父亲有多少次是坐在椅子上打盹，又一个人半夜里悄然醒来？睁开惺忪的双眼，除了亮堂的房间和吵闹的电视声音，再无其他。我坐在沙发上，静默良久，想到这里，我已不能自持，眼眶一阵发热，强行将他带回省城，于是久违的吵闹现场又真实再现。

父亲多年来只习惯穿定做的裤子，前门襟钉的是纽扣，不是拉链，偶尔便忘记扣纽扣。一次，母亲撞见，责怪道："'大门'也不关，这样好看啊？"

终于，父亲脸上挂不住："谁还能天天盯着这里看啊！"

"那不难看吗？家里人看着也难受呀。"

"我又没有脱得精光。"父亲话音刚落，我早已笑得前仰后合。

他们俩单独面对我一个人时，都还能做到情绪稳定，一旦在一起，总是吵吵闹闹不停歇，相比之下，母亲仍是显得强势一些。

一次，我半戏谑半认真地对母亲说："如果实在过不下去，你们俩就离婚呗！"

母亲顿时气焰降了大半，过了半晌喃喃地跟我说，又像是自言自语："年纪一把了，离婚人家不笑话吗？"

"那你们俩就别吵呀。"

于是，相安无事一段时间。几天后又恢复原样，此时的我倒像个家长，每天在他俩之间调解、劝慰、主持公道，解决鸡毛蒜皮的小事，还不能偏向哪一方。

算来，父亲和母亲结婚快五十年了，时至今天，不善表达的父亲，提起当年的麻花辫，依然羞涩难忘。

我想，这种吵闹也是父亲和母亲的幸福。所谓幸福的婚姻，没有定式，更没有模板，它是几十年生活中，不断磨合形成的独一无二的关系。

这种关系，就像我们每天赖以生存的空气，因为习惯，所以感受不到它的存在，但又至关重要，不可或缺。

# 白茅岭往事

前几日，突然听到一个段子：一个山东小伙顺利入伍，服役地点是上海市白茅岭农场。他心中一阵窃喜，心想好歹能在大都市待上几年，也能开阔眼界。谁知，到了报到那天，被一辆绿色大卡车径直送到安徽境内。大卡车越走越偏，最后在位于郎溪县城二十公里的一个小镇停了下来，这个地方有个好听的名字，叫白茅岭。

白茅岭农场又称上海市白茅岭监狱，是上海市监狱管理局下辖的行政单位，位于郎溪县涛城镇境内。因岭上岩石裸露，白茅丛生，故得名。

看完段子不过哑然一笑，但对白茅岭我记忆犹新，这个当年我总共去过不到三次的小镇，时隔二十多年，至今想起，内心仍涌起一股温情。

那里有户人家，伯父是镇中学领导，伯母，我习惯叫她阿姨，是农业户口，那时孩子户口随母亲，家里除了伯父，老小共有六口人的田地。伯父平日忙于工作，无暇顾及家里，一应重担均落在了阿姨肩上，她除了照顾一家老小，还要应付地里一年四季的农活。

阿姨个头不高，皮肤在常年日晒下显出健康的古铜色，不善言语，但为人和蔼可亲，一开口便露出微微笑容，说话也是不急不躁，即使发怒也面无愠色。她看我的眼神如慈母般，流露出的那份母爱，有时恍惚间，我觉得同母亲一样亲切。

母亲与阿姨交好，那几年里两家来往频繁密切，有年暑假，我受邀去白茅岭住了一个多星期。第一次从县城乘车到白茅岭，感觉这个地方比县里很多乡镇都要热闹，到底是上海人建设规划的，确实大气很多。

快要到的时候，路边风景明显不一样，绿化很好，两边都是很高的杨树，路也由狭窄的乡镇柏油路，变成了宽敞的水泥路，一幢幢三五层的社区和厂房，隐在绿荫道两旁。

班车缓缓驶入主街道，路边绿树成荫，很有都市的感觉。下车的地方是最热闹的街区，宾馆、邮局都聚集在一起。路东有个环形广场，广场里有个电影院，四边是商铺，附近不远处还有个菜场，这里一早的集市很热闹。

所谓劳改农场，顾名思义，是犯人们劳动改造的地方。听说监狱在不远的地方，但我那时心里发怵，一直没敢走到跟前。

路对面有个水泥篮球场，路西平行位置有好几个巷口，穿过巷口往里走，便看见成排的平房。房子都有些年份了，从建造样式依旧能看得出主人的用心，虽然清一色联排，但很多都围了雅致小院，有些单门独户的，门前也铺了水泥场地。

尽管外墙有些脱落残败，看起来斑驳破旧，但屋前屋后，竹篱花舍，柏树成荫，也是情致尽显。据说当年很多犯人刑满释放后，不愿意回上海，而是选择了继续留在这里，娶妻生子，这些房子大都是他们和子女居住的。

穿过这片社区继续往西走，渐渐石子路变成了土路，两边都是庄稼地。东西向有条大道，是通往镇第二中学的主路，这条路用麻石铺成，走起来脚很不舒服。约四百米远，路南边有个小村子，阿姨家就在这里。

阿姨家位于村庄东南角，一长排六间平房，坐北朝南，房前是宽敞的水泥场地，房子正前方的西侧有一间厨房。

厨房的西侧拐个弯，有一间柴房，里面砌了个蛮高的灶台，底下是烧火的灶膛，上面安了一口超大的锅，不像是烧饭用的。我第一次见到，很不解，围着它看了半天，阿姨告诉我那是澡锅，冬天洗澡用的。

澡锅的西侧是卫生间，农村的卫生间都相当简陋。粪坑就是一口超大的缸，在土里挖个坑，将缸埋进去，缸沿与地面齐平，顺着大缸，用旧砖头垒成一人高的圆弧形，用以遮挡，顶端铺上用大瓦片、木棍和蛇皮袋捆绑做成的活动门，农村称之为"茅坑"。砖缝里时常塞着《故事会》之类的小书，每次上厕所时，我哼着小曲，一路蹦跳，还有段距离便听见里面传来"咳咳"的声音，吓得立马折返。

夏天的傍晚，暴雨过后，一阵凉爽，冲破雨层的夕阳映红了天边的晚霞，我赤着脚站在场地上，地还散发着余热，透过脚掌传来。我光脚踩着水坑，看着水花四溅，伴随着清脆的声音，欢乐无比。旁边炊烟袅袅升起，饭菜香味透过厨房的门窗，一阵阵往鼻子里钻。我一头扎进厨房，阿姨笑着夹块烧好的肉放到我嘴里，我一蹦一跳地出来继续踩水坑。

厨房的正南位置是一口长形水塘，沿着石板铺成的台阶下去，便能清楚地看见两边。我喜欢光脚泡在水里，就像每次在家门口的大河边一样，用手轻轻地划拨着河水，清凉舒服。

阿姨家门口有个水塘，水塘里时常能见到戏水的鸭和鹅。有一次我在水边玩耍，看见一个椭圆形的黑色球体，顺着水波一荡一荡，漂到岸边，捡起一看，竟然是软的。

我跟发现宝贝似的，拿去给阿姨看，她告诉我这是鹅蛋。一个下午我都很开心，小心翼翼地将那个蛋放在手里把玩，软软的，托在手掌心里，一会用指头戳一下。终于，晚上乘凉的时候，我还是不小心把蛋戳破了，顿时一股液体流了一手掌，虽然月光下看不清颜色，但一股恶臭扑面而来。我赶紧一把扔了出去，捂着鼻子"呜呜"乱叫，阿姨看见我的样子，在一边笑得捧腹。

小柱哥是阿姨最小的孩子，他还有个双胞胎哥哥叫大柱，两人虽是双胞胎，可长得一点也不像。大柱长得白皙高挑，小柱长得黝黑敦实；大柱是那种一看就聪明机灵的类型，相比之下，小柱显得憨厚内敛，有些大智若愚。小柱哥写得一手好字，特别是毛笔字，很有自己的特色，话也不多，看问题却一针见血，说出来的话也是句句在理。

每次阿姨在厨房做饭，小柱哥总是不声不响地去灶膛里添柴火，母子俩虽没有交流，但非常默契，看得出来，阿姨很喜欢这个最小的孩子。白天的时候，阿姨偶尔去地里做农活，便叫小柱哥带我玩，于是，我便理直气壮地黏着他，成为他的贴身跟屁虫。

一次，小柱哥突然很有兴致，要带我去赶早市，这么好的提议，我自然不会拒绝。东边的天幕上红彤彤一片，太阳将要升起，我便和小柱哥动身了，我们一前一后，穿过七拐八弯的田间小道，经过白茅岭社区的时候，太阳已经升得老高，路边的杨树上，知了不停地鸣叫，我心里顿觉一阵燥热。一大早，太阳白花花地照下来，我走两步停一步，小柱哥在前面走一段，便停下来等我，这样走走歇歇，终于到了镇上。

小柱哥是来镇上办事的，看我累成那样，没让我跟着，将我带到路边的篮球场看台上，他转身往路对面的邮局走去。

球场四周长满高大的梧桐和杨树，层层叠叠的阔叶将太阳光遮住，看台上一片阴凉，我径直走上台阶，坐下歇息。我好奇地东瞅瞅，西望望，看着来来往往的人，过了十来分钟，小柱哥手里拿了根雪糕，朝马路这边走来。他将雪糕递给我，在我左边坐下，他没有吃，我旁若无人地尽享雪糕的美味，吃完休息了会，我们随即起身回去。

快到巷口的时候，见他一边不停地挠大腿，一边抖甩着身上的沙滩裤，我一脸不解，问他怎么了。

他皱了皱眉头，一脸苦歪歪的样子，说："可能刚才坐着的时候，爬进蚂蚁了。"

"哦，那蚂蚁咬你了吧?"我走了几步，本想憋住不笑，实在忍不住，"扑哧"一声，随即哈哈大笑，我一路笑跳着回到家。小柱哥一直是一副怪怪的表情，一定是想着，自己的脑袋被驴踢了吗，干吗跟我说实话?

傍晚的时候，小柱哥在门前水泥地上洒了几桶水，水迅速蒸发，地面的温度也降了下来，他将两张竹凉床一字排开，摆在空地上。阿姨将饭菜做好，端上来，我们坐在凉床两边吃饭。吃完，凉床空出来，我和小柱哥各自霸占一张，躺在上面看星空，不时还拌两句嘴。他那时在看《红楼梦》，动不动就说："我一巴掌打得你'冷月葬花魂'。"这是《红楼梦》里林黛玉对史湘云的那句"寒塘渡鹤影"的下联。

阿姨洗完碗后坐在我身边，轻摇着蒲扇为我驱蚊，跟我开心地聊家里的事。小柱哥许是对早上的蚂蚁事件不能释怀，在一边闷不吭声，时而插嘴调侃我，却引来阿姨对他的斥责。我趁机落井下石，将连日来小柱哥"欺负"我的"恶行"，以及"冷月葬花魂"的"巴掌"悉数道来，阿姨一边安抚我，一边责骂他。小柱哥也不还嘴，只微笑听着，我则是一副幸灾乐祸的样子。

现在回想那些夏夜，觉得内心也是暖暖的，即便是母亲，也从没这样偏袒过我，每次我和哥哥打架，我也从未因自己是女孩而少挨母亲的骂。

我和小柱哥也不只是吵吵闹闹，没人玩的时候，我多半还是黏他的。

一个月夜，我满屋子找不到他，问阿姨，说是在屋后别人家玩，我便找过去。虽然对村子很熟，不过晚上还是心有胆怯，好在那晚月色很好，是月圆之夜，我想着反正不远，就大胆找过去了。

到了那家，却说人刚走，于是我垂头丧气往回走，谁知听见前面有狗叫，我害怕，便绕着走另一条岔道。走着走着，前面出现一摊水，混着烂泥，我停下来正琢磨着怎么过去，突然正前方一个人朝我走来，逆着光，看不清脸，我屏住呼吸，不敢吭声。黑影越来越近，我脑子里闪过电视里坏人出现的场景，心怦怦乱跳。

突然，响起一个熟悉的声音："是晓伍吗？"

天哪，是小柱哥！那一刻，我有种死而复生的感觉，原来他回到家后，得知我出来找他，便赶紧又寻我来了。为了给我压压惊，他陪着我在通往二中的那条路上走了一会，月色如水，整个村庄一片静谧。

小柱哥突然问我："你对将来有什么规划吗？"

我压根还没回过神来，但更多的是被这个问题问蒙了："规划？嗯，呃……没有。"说完脸颊莫名一阵发烫，还好是晚上。

其实这么有深度的问题，我好像也是过了好多年后才想明白的。

那个夏天过得飞快，离开的时候，阿姨依依不舍，将我送出村子好远，眼看快要到白茅岭了。一路上她握着我的手，并不说话，我停下来看她，眼神对视的瞬间，彼此的眼眶都红了、湿了。阿姨一句话没说，突然转过身去，往家的方向走，一边走一边用手掌擦着眼角，我紧走两步，追了过去。她依然不看我一眼，倔强地低头往前走，我清楚地看见她脸上挂满了泪珠，我停在原地，呆立了半晌，迈不动脚步，却早已泪流满面。

这一别，竟然是二十年，这二十年里，种种原因，我都未能再与阿姨见过面。小柱哥倒是见过一次，那时我在县城上班，小柱哥已经是一名潜艇兵，在大连服役，探亲回家时竟托朋友找到了我。一开口，人还是那个人，但再也没了那年暑假的熟悉亲密，竟多了一丝生疏。静默半晌，我第一句话问的却是阿姨是否安好，得知一切都好，心也释然。

写这些文字时，阿姨的音容笑貌又出现在我脑海，我和她此生一定是有着未尽的母女情缘。有种冥冥之中的感觉：我此刻在另一个城市里如此想她，她也一定曾经这样思念过我。我坚信。

缘分是个很奇妙的东西，是人与人之间无形的连接，具有某种必然存在的相遇的机会和可能。

如果每个人都是一个圆圈，你永远不知道，在什么时刻与别的圆圈相交甚至重叠。缘分让两个完全陌生的人，在芸芸众生之中相遇、相识，彼此相知、相惜，不是亲人却胜似亲人。

眨眼间，我却已经错过了二十年。

# 冰　　棒

　　整理女儿的玩具箱时，无意中发现一捆雪糕棒，每一根都被洗得干干净净，齐扎扎地用橡皮筋捆好，这些是她每年夏天一点点积攒下来的。

　　现在的东西做得确实越来越精致了，每一根木棒的长度和宽度都是一样的，木质纹理清晰，两头呈半圆形，难怪孩子喜欢。看着这些木棒，想到之前我都是当垃圾扔，每次扔进垃圾桶时，女儿都倔强地蹲在垃圾桶边，又一一捡回来，放进水池，洗干净，晾干，扎好，回头想想自己当时的举动，似乎太不近情理。

　　其实说实话，有几个孩子没玩过冰棒棍的？我反正是玩过，呵呵。

　　小时候的冰棒棍是用竹签做成的，还能清晰地看见青黄色的竹面，甚至还有竹节，也没有现在这么宽，约两根牙签的宽度，长度也是长短不一。我那时候和哥哥最爱攒冰棒棍，自己哪能吃多少，便跑去大街上捡，每捡到一根都如获至宝，回来洗洗干净，晾干。两个人坐在青石条门槛上，一人一头，面对面，先各自挑一根最细最尖的，然后将所有的冰棒棍混在一起，再散开，用那根事先挑选出的细棍，慢慢地将那堆散开的棍子一一挑开。被挑开的即为自己的战利品。挑的时候如果触动了别的棍子，为输，便换对方挑。直到将散开的棍子全部挑完，手里的棍子多的那个为最终胜利者。

对于我来说，冰棒在那个年代还属于奢侈品，由于条件所限，不是想吃就能吃得上的。皖南入夏似乎格外早，满地金黄的油菜花刚一凋谢，气温跟赶场似的，日渐升高。特别是正午，太阳光亮得发白，劈头盖脸射下来，热烘烘的，原本就困乏，加上强光一刺，眼睛更是睁不开。

天气渐热后，母亲经常拿一口白色的大搪瓷缸，捏一小撮茶叶放进去，倒满开水，不一会，长条形的褐色茶叶在开水中慢慢舒展开、沉下，变成椭圆形的叶片，茶色也在杯里漾开，水变成浅浅的橙红色，放凉后，热天里喝是最解渴的。

每年的六月份开始进入梅雨季节，空气中的湿热被淅淅沥沥的雨水冲淡了不少，温度虽然还是高，但早晚间的丝丝凉意让人很舒服。一旦"出梅"，躲在云层后面憋了半个月之久的太阳，就会毫无保留地直射下来。地上的水被晒蒸发了，升入空中形成热气，头顶上的烈日如炙烤一般，这么上下一夹击，在柏油路上走个五分钟，浑身上下每一个汗毛孔都舒张开，身体里的水分似乎在同一个节点上，瞬间变成汗液，全部涌了出来。嘴巴干得张不开，似乎连唾液都蒸发光了，回到家里，恨不得将脸埋进大茶缸里，一口气喝个饱。

好在每年的这个时候，我已经开始了长达两个月的暑假生活。每到中午，整个街道仿佛都进入慵懒状态，黑色的柏油路面被车轮轧得有些发软，一块块油亮亮的地方，多半是已经被晒化的柏油。对面供销社和隔壁商店里，一个顾客都没有，只有快速旋转的电风扇和在呼呼风声下打着盹的售货的叔叔阿姨。

即使盛夏，小时候的我也没有午睡习惯。家门口那条路就是省道，客车、货车不停歇地从门口碾过，随车产生的尾气和热浪，一阵阵不断地涌进屋里。吊扇在天花板下拼命地旋转，扇出的风都是热烘烘的，丝毫感觉不到凉快。这种午后，我常常是躺在家里最宽的那条长凳上，翻看一本本小人书。

每每马路上传来由远而近的叫卖声："冰棒！冰棒！"我顿时觉得整个人都激灵了一下，所有的感官在听到叫卖声的刹那，全部集中到耳朵上。

那时候冰箱还没有普及，隔壁和对门商店里都没有冰棒卖。镇上卖冰棒的是一个中年男人，母亲叫他老陈。他骑着辆二八大杠自行车，后座位上绑了个四方形的木头箱子，箱子的四周被层层软布包裹着，最上端铺了块被子一般的厚布，顶上那块木板可以掀开。

老陈一边骑着车一边吆喝："冰棒！冰棒！"或是停在供销社门口，用一块长形木条敲着箱子边缘，发出闷闷的声音，喊着："冰棒！冰棒！"

孩子对这种叫卖声是没有任何免疫力的，每次听到那种闷闷的敲打声和吆喝声，原本慵懒的整个人，立马变得精神抖擞起来。不一会，便陆续有从家里或其他角落冒出的一个个小身影，走到老陈车边，用零钱换来冰棒，还没转身，便等不及地打开包装纸，看着往上冒的凉气，舔一口，高兴得屁颠屁颠往回走。

老陈的冰棒有两种价格，有五分钱一根的绿豆或红豆冰棒，还有两分钱一根的普通冰棒。我家房间床头柜的抽屉里就有零钱，从不上锁，母亲有午睡的习惯，我多半是蹑手蹑脚地拿上五分硬币，小声跟母亲说一声："妈妈，我想切（吃）红豆冰棒。"

"嗯。"母亲侧着身子，也不睁开眼，算是默许了。

所谓的红豆冰棒，其实也就是上面约五分之一处加了红豆，底下是红豆糖水结成的冰，不过我已经很满足了。

打开包在外面的白色油纸，将舌头贴着冰棒，木木的，感觉舌头要被粘上了，轻轻舔一口，甜甜的味道伴着丝丝透心凉，通过味蕾，直沁入心里。冰棒含在嘴里舍不得咬，"吧唧吧唧"地吮吸，吃完后棍子也小心翼翼地留着。

　　许是声音太大，或是吃得太香，父亲常禁不住诱惑，也让我去给他买一根，他一边吃一边用小指抠耳朵，看我一脸不解的样子，笑道："一吃冰棒耳朵就痒。"

　　后来，老陈年纪大了，子承父业，他的儿子接过了冰棒摊，每天骑着车走街串巷，而且思想也更活络一些，常常临近傍晚的时候，还有些卖不掉的冰棒，就会打折了处理。买回来的冰棒，基本都要化了，只能用碗盛着，不一会碗壁外面挂了一层水珠，小时候一直想不通，明明装着冰棒，碗怎么还会热得出汗呢？

　　再后来，商店里有了冰柜，整个夏天随时都可以吃到冰棒，花样也更多了，有草莓味、奶油味、香蕉味，也有红豆刨冰和绿豆沙，棍子也变成了现在这种扁圆形木棒，两毛钱一根。

　　晚上乘凉的时候，母亲常常让我去买，按人头数，每人一根，口味自选。我喜欢奶油味的，有股淡淡的牛奶香，父亲大都是吃红豆的或绿豆的，还是一边吃一边无奈地笑着抠耳朵。

　　夏夜的星空下，坐在竹床上，吹着凉风，吃着冰棒，抬头是满天星斗的夜空，弧形的苍穹下是一眼望不尽的黑，唯有天幕上缀着无数的发光体，像是点点萤火，那种感觉至今想起，仍让人很安静、心怡。

　　有了冰箱后，吃冰棒更方便了，却没有了儿时在炎热午后，舔一下的那种浑身沁凉、舌头变木的感觉。虽然现在的冰棒口感更佳，但那种满足和幸福的感觉，相比之下却逊色了不少。

　　其实东西还是一样的东西，甚至比以前更好，但因为太容易得到，或是有了太多选择，抑或是先入为主，反而没有了儿时的快乐和惊喜。

　　现在，一到夏天，"冰棒"这个词只有在老家能随处听见，城里人都叫雪糕、冷饮，口味、款式多得让人目不暇接。

　　父亲血糖高，已经很少吃甜食，每年夏天，偶尔吃一次红豆冰棒，还是一边吮吸一边笑着抠耳朵。

后来，吃冰棒的人越来越少，冰淇淋成为年轻人的新宠。哈根达斯门店走进国内各大城市后，其昂贵的售价让大多数工薪阶层望而止步，俨然成了一种身份的象征、情调的代名词，尽管价格不菲，味道一般，但仍不乏趋之若鹜者。无人问津的冰棒好似平民，冰淇淋则一跃成为贵族。

其实最原始、最本质的快乐，无关物质，更无关所谓的成功。

记得看过一句话："成功是什么？不就是挣了一笔钱然后让别人知道吗？"

恰恰现实中就有人急功近利，目光短浅，宁可坐在宝马车上哭，也不愿意骑车快乐地哼小调。

无论时代怎样进步，人都不应该丢掉最根本的东西，对于好的东西，"拿来"没有错，但本末倒置的行为，无疑是邯郸学步。

任何人都不能将自己的人生强加给别人。若有一天，女儿想吃哈根达斯，我依然会带她去，尽管在我眼中，它已经失去意义，但对于她来说，多一次尝试便多了份人生阅历，到最后，也许一根普通的冰棒，就是她童年的快乐，也无不可。

"风来疏竹，风过而竹不留声；雁渡寒潭，雁去而潭不留影。故君子事来而心始现，事去而心随空。"保持正确的价值观和超然一切的心境，才是快乐的本源。

# 骑　车

母亲一直不会骑车，也反对我们学骑车。

小时候，家就在公路边上，一出门，就是交通主干道，从早到晚，车来车往，川流不息。门前那条柏油路禁不住长年累月的超负荷碾轧，年年破，年年修，一下起雨来，路面到处坑坑洼洼，满是浑黄的积水；天放晴后，车一经过，路面的尘土被卷扬到空中，马路对面的人都看不清楚。

说是省道，宽度也仅够两辆车并行，路两边也没有护栏，每天放学回家的路上，赶上人多的时候，车辆几乎擦着身体过去。

现在想来，母亲当年反对我们骑车，多半是出于对我们的保护和各种不放心。那时候骑自行车的大多是在对面供销社上班的阿姨叔叔，他们每天准点骑车从县城赶过来上班，风雨无阻。

路上跑的多半是绿色解放牌141货车，运沙子、石头的居多，常常是车头后面挂一节车厢，车厢后面拖挂另一节车厢。车厢满的时候还好，车厢空的时候，有些年轻司机将车开得飞快，后面拖挂的都能飘起来。由于车身长，尤其是拐弯的时候，视线盲区多，安全隐患也大，那时候常有车祸发生，至今想起，仍心有余悸。

客运车辆也有，但很少，只有县城发往外地的长途客车。乡镇去往县城的都是三轮车，车头是手扶式，烧柴油，每次需要人工助燃。司机将点火的铁制曲棍手柄对准打火点快速摇转，柴油机发出"哒哒哒"的声音，车身也跟着剧烈抖动起来。车厢后面两排木板，便是乘客座位，前后是敞开式的，坐上去，前后穿风不说，能抖到让你的心都要蹦出来。

三轮车的上下站，就在我家门口北边位置。乘客有序排队，人上满车即走，约二十分钟发一趟，票价一元，按人收取，很方便。那时，街道上有自行车的家庭寥寥无几，即便是有，也是前面带着一根大杠的二八式，明摆着那是大人专用，与孩子无关。

20世纪80年代的时候，自行车虽然只是代步工具，但那也绝对属于稀罕物件。我清楚地记得，小时候，逢有嫁娶喜事，自行车作为女方嫁妆或男方必备品，常出现在人们视线里，跟随迎亲的队伍，自行车在街道上推过，显眼又招摇。车把上系着大红色的布条，漆黑锃亮的车身，崭新的车辐辘，随着轮胎转动，银色的钢圈快速旋转，在阳光照射下反射出刺眼的光。

家里买的第一辆自行车是父亲用的，也是二八式的，我坐上去，脚够不上车镫，更别说骑了。

那时候停自行车还不是用后轮支架，而是有个附带的平底框架，用框架将后轮支起来的时候，脚镫是可以转动的。每次车停好后，我将右脚从大杠底下伸过去，够上脚镫，踩得后轮呼呼地转，算是过了把骑车的瘾。

每次看到父亲两手扶着车头，单脚踩上一侧的脚镫，另一只脚在身后地上如蜻蜓点水般使力，随着车辐辘转动，车子向前方溜去，整个人随之也飘起来，右腿横跨，坐上车凳。这一连串的动作在我眼里，用现在的话来形容，简直酷毙了，帅呆了！

有一年，镇上有一户人家，女儿带着孩子回娘家过中秋节，大人们忙着杀鸡宰鸭，当时那孩子有十来岁吧，跟一小伙伴在公路上骑车玩耍，上坡道转弯的时候，被一辆货车剐蹭。坐在后座位的小伙伴侥幸生还，骑车的男孩却当场毙命。原本开心的一个节日却成了孩子的忌日，一家人哭到晕厥，也抚平不了心底的痛。

母亲向来行事谨慎，也源于当年这起车祸给人印象太深刻，自那以后，家里所有的孩子一律不许学骑自行车。所以，当年梅骑车带着我在乡村小道上飞驰，就成为童年极少的珍贵、快乐的记忆。

红姐嫁到汤庄以后，在我入中学前，汤庄是我每年暑假必去的地方。

梅是姐夫的表妹，大我一岁，胆大泼辣，懂事心细，每天早上，洗全家人的衣服是她固定的任务。她家门口就有条河，每天她头顶着朝霞，先是在一个大木盆里，用搓衣板将衣服依次摊开，再抹上黄色的肥皂，搓洗，拧干，用篮子装上。

之后将篮子拎上，顺着河堤下去，踩在青石条上，将衣服依次捶洗、过水、漂洗干净。我常常起床后抹把脸就跑到河边陪她，我俩各自操着方言，毫无障碍地开心聊天。

梅不知从哪弄来一辆自行车，带大杠的，以她的身高坐上去是够不着脚镫的，但这不影响她会骑车。

于是，人们常常见到一前一后两个丫头，前面骑车的，在车左侧歪斜着身子，右脚从大杠下面伸过去，将一辆车骑得呼呼生风；后面的丫头两腿分开，跨坐在后座上面。骑车的用尽力气，憋得一脸通红；坐车的欢呼雀跃，一路高歌。

汤庄有一条主道，从入村口一直通往东南方向的县道具厂，这条路宽敞平坦，由柏油铺成，路上车也少，两边是庄稼地，偶尔有一片水塘和芦苇滩，风景很不错，梅常常骑车带着我在这条路上来来回回地飞驰。

那时，我还不会跟着车跑一阵，再跃上后座，得先坐好以后，梅一路带着我，将跟她差不多高的车溜起来，骑走。所以，我当年对梅的佩服敬仰之情溢于言表。玩得不过瘾的时候，我背过身来坐上去，让梅带着我一路疾飞，一路吹着风，看两边绿色从身后缓缓前移，那种刺激和快乐无可比拟。

暑假结束回到家后，一切又恢复原样，我在家里最小，根本没有学车的机会。红姐当年在后街油厂大院里学车，来不及刹车，钻到门卫老吴家桌子底下，成了大家经久不忘的段子。

再后来，家里除了我和母亲，好像都突然会骑车了。

直到我工作前夕，单位离家骑车约二十分钟，在母亲的默许下，我开始学车。

父亲特意买了辆红色女式自行车，车头是弯弯的弧形，前面没有横杠，很轻盈。我将车推到后面粮站场地上，那里都是水泥地，宽敞平坦，我却无从下手，琢磨着该怎么骑上去。

尝试着像父亲那样单脚溜车，但每次一溜车就往右边摔去，只好作罢。坐上去骑，掌握不了身体平衡，车也是一边倒，根本走不了几步。

折腾了半天，想了个笨办法，找了处下坡道，坐上车座，顺着坡道滑下去，惯性快结束的时候，脚镫转起来，车真的走了！虽然还是颤颤巍巍，但好歹比起刚学车时将膝盖、胳膊摔得瘀青的人，我已经很幸运。前行、转弯、刹车、下车，算是基本能应付了。

第一天上班，我就以三脚猫的水平骑车上路，母亲不放心，让哥哥骑另一辆车跟着，一路护送我到了单位，见我平安抵达，哥哥才又骑车返回。

平日里练车都是在空地上，第一次上马路还是有点紧张，贴着最右边的石子路慢慢骑，根本不敢上柏油路，眼睛紧盯着前方两米处，身体左侧车来车往，脑袋却不敢有一丝偏移，一路上小心翼翼，精神高度集中。

　　下车后才发现手心都是汗。由于上下车不熟练，腿短，始终要借助外力才能坐上车座。母亲将门口一块撑遮阳篷的四方形石墩，当作我的垫脚石，在没有石块的地方，我就只能找马路牙子借力。

　　每天上班路上，风里来雨里去的，骑了一年的车，我的车技大涨，可以牛到手不扶车头，车照样往前走，但直到现在，我依旧不会用脚镫上车。

　　后来，我离开了小镇，到城市去打拼，由于经常去异地出差，几乎没有骑车的机会，在市区的日子，公交车成为最常使用的代步工具。

　　现在，街头依旧能见到骑车的人，但自行车的功能已经发生了变化，之前单纯的代步工具现在更像一种时尚的健身工具，自行车在外观、款式和功能上，也变得更时尚、科学、人性化。

　　闲下来的时候，我还是喜欢骑车在路上缓缓而行，不用手脚不停地换挡、打灯、踩油门离合，更不用紧张前后左右车辆的变道交叉，心无旁骛地按自己的节奏前行，一路闻闻花香，吹吹小风，随着车轱辘的转动，心也跟着放飞起来。

　　时代在不断前行的路上，一些在当时盛极一时的名词或事物，如传呼机、IC 卡电话等等，随着社会进步，有的逐渐被升级、改良，但更多的，终究摆脱不了被淘汰、转型，甚至消失的命运。

　　对于时间来说，没有什么异样，按照自然前行的规律，有条不紊地推进，但对于经历过的人来说，那段过往只能成为"回不到过去"的时代烙印。

# 那些年追过的"神剧"

"依稀往梦似曾见，心内波澜现。抛开世事断仇怨，相伴到天边。"耳边再度响起熟悉的旋律，连续急促上扬的弦乐前奏和铺天盖地的和声，让听着的人瞬间进入"猛风沙、野茫茫"的境地，仿佛眼前一片"逐草四方沙漠苍茫"，引得英雄"射雕引弓塞外奔驰，笑傲此生无厌倦"，每每听到这首歌，我便被迅速拉回到儿时的岁月。

曾经，一部1983年版的《射雕英雄传》街知巷闻，触发了无数人的武侠情结。当年，《世间始终你好》和《铁血丹心》被空前传唱，即便现在音乐响起的时候，整个人仍觉得热血沸腾，激起了那段几代人共有的记忆。

我还记得，在电视机尚未普及的20世纪80年代，每到夜晚，经常是一个院子或一个街道的街坊们围坐在一起，盯着一台十四英寸的黑白电视机，里三层，外三层，院里和家中的空地被围得水泄不通。人们一边津津有味地看着，一边随着剧中情节或紧张，或唏嘘，或叫好，甚至连男孩子们打架，嘴上都带着"嘿——哈——"的声音。

每到暑假，《射雕英雄传》也是屡屡被重播，小时候的我们坐在电视机前百看不厌。如今看来，那时候的制作、服饰，甚至演员的妆容，都已不太符合现在的审美，但丝毫不影响这部传奇经典剧作的魅力。

许是当年《射雕英雄传》的制作团队阵容太过豪华，无论导演、编剧、配乐、武术还是演员阵容，均为那个年代电视剧制作里顶级的；许是先入为主的印象，作为首部传入内地的香港武侠剧，它早已超越了一部剧作本身的意义，延伸成一段被定格的青春记忆。

另外，剧中演员的表现，也是这部剧成为经典的重要原因。翁美玲将冰雪聪明、机灵古怪、娇俏可爱的蓉儿，演绎得惟妙惟肖；憨厚的靖哥哥也被黄日华演得可爱、可气，又可敬；苗侨伟将杨康的风度翩翩和阴险狡诈，更是演得丝丝入扣，浑然一体；甚至不乏周星驰、刘嘉玲等后来的一众大咖在里面跑龙套。

在那个"商业不发达，娱乐只电视"的年代，"靖哥哥"和"蓉儿"成为每个年轻人喜爱并效仿的对象。女孩子悄悄在两鬓挑起一缕头发扎成小辫，男孩子戴上深色护手腕，简直炫酷到不行。一时间，大街小巷掀起武侠风，《射雕英雄传》一度成为全民情结。虽然《射雕英雄传》后来不断被重拍，但在人们心中经典再也无法被超越。

那些经典人物早已定格于观众的心里，尽管岁月流逝，却"世间始终你好"！

1983年版的《神雕侠侣》——《射雕英雄传》的续集，由刘德华和陈玉莲分别饰演杨过和小龙女。华仔当年演这部电视剧的时候才二十二岁，外表俊俏、青涩，将杨过顽皮不羁、不畏世俗的性情，以及对姑姑的深情，演绎得入木三分。陈玉莲更是将单纯冷艳、衣袂飘飘、不食人间烟火的小龙女诠释得淋漓尽致。

《神雕侠侣》中让人印象深刻的除了杨过实现自我的蜕变，最美的莫过于他和小龙女坚贞不渝的爱情，尽管不被世俗所接受，师徒恋也好，不伦恋也罢，又与世人何干？

"苟且残生十六载，只消断肠龙女还。"十六年的光阴，蹉跎了岁月，斑白了鬓发，当胡楂满面，相伴相携的背影渐渐离去，与俗世有着一种怎样的决绝？那种超凡脱俗，不问得失，不离不弃，岂是身处江湖

171

恩怨的俗人所能理解的？

"问世间情为何物，直教人生死相许？"同样是情，在李莫愁那里由爱生恨，她从深情款款的女子变成嗜血的杀人恶魔；于瑛姑来说，情是"四张机，鸳鸯织就欲双飞"的念念不忘和欲罢不能；于段王爷来说，则是因情生恨，最后抛弃荣华富贵遁入空门。

江湖恩怨多半源于"侠"和"情"，打打杀杀的表面之下，是斩不断理还乱的不了情愫。情不可言，却是唯一能让人痴迷、执念、奋不顾身、不能自拔、由爱生恨、矢志不渝的东西。

提到那些年追过的"神剧"，1986 年版的《西游记》不得不提。

这部将中国古代神话的浪漫主义和深刻的现实内容交织于一体的电视剧，成为包括我在内的无数中国孩子，童年生活中不可抹去的一抹色彩。《西游记》一播出就受到各年龄层观众的欢迎，获得极高评价，至今仍是寒暑假重播次数最多、被国人公认的无法超越的经典剧作。当年剧中演员的表演深入人心，他们也都成为人们心中永恒的偶像，特别是六小龄童饰演的孙悟空，几乎成为观众心中的一个符号。

尽管当年拍摄《西游记》的道具、器材、特效还不够先进，但整部剧不折不扣地给我们还原出一个活灵活现的神魔世界，看似叙述了虚幻的场景及故事，其实从中我们处处能看到现实社会的投影。

原著作者吴承恩为明代小说家，剧中的神界——上到玉皇大帝、下到天兵天将，一个个昏庸无能、趋炎附势、作威作福，无不是现实社会中的帝王群臣及各级官吏的真实写照。

最接地气的莫过于在师徒一行四人历尽艰难，终于到了西天，领取经书的时候竟遭到如来佛的两个伺者阿难、迦叶的公开索贿，如此神圣、不容亵渎的地方怎么能有这种人存在？可见西天也无净土。这个细节，小时候看得似懂非懂，后来才明白是对统治阶级的暗讽。

说到如来佛，不能不提孙悟空。这个剧中的核心人物，无疑是那个时代人们理想的人格的化身。他天不怕地不怕，生性热爱自由，蔑视权威，敢于向一切封建统治势力挑战，即便是天底下最有权势的玉皇大帝，他也不放在眼里，面对十万天兵，依然威风不减，口口声声叫嚷着"玉帝老儿"。孙悟空看似顽劣不羁，实则有勇有谋，在保护唐三藏取经的路上，一直忠心耿耿，与妖魔鬼怪交战时，向来是奋不顾身，永远冲在第一线。

我对这部剧中的两段情节印象最深。

一是孙悟空大闹天宫，众天神拿他没法的时候，如来出现，将他压在五行山下。电视画面进行了切换，一边是天宫举行安天大会，庆祝收服妖猴，众天神喝得东倒西歪，面目可憎；一边是孙悟空背负一座大山，纹丝不能动，斗转星移五百年，猴王孤寂冷清，历经雨雪风霜。

画外音乐响起。"五百年桑田沧海，顽石也长满青苔，长满青苔，只一颗心儿未死，向往着逍遥自在，逍遥自在。哪怕是野火焚烧，哪怕是冰雪覆盖，依然是志向不改，依然是信念不衰。蹉跎了岁月，激荡着情怀，为什么？为什么？偏有这样的安排。"那种压抑和悲愤之情，常常让年少的我热泪盈眶。

另一段是三打白骨精，唐僧肉眼凡胎，认为孙悟空滥杀无辜，一纸贬书，决意赶走他，悟空苦苦哀求，一声声"师父"，一次次下跪，终换不来唐僧的回心转意，热泪双流只得离开，临走时还不忘再三叮嘱八戒和沙僧一定照看好师父。每每看到这里，我总是一边痛恨唐僧的愚昧、蠢钝、绝情，一边同情孙悟空的忠心执着却不被理解。

《西游记》虽然是神话故事，但艺术源于生活，有着深刻的现实意义，加上想象丰富，奇幻有趣，表现了很多人性的东西。这部电视剧几乎是国人尽知，自播出以来，成为几代人喜爱的电视剧，这种经典还将一直延续下去。

提到"女神"，在我心中唯有一人可享此美誉，那就是赵雅芝，所以最后不得不提那部美得不可方物、在无数人心目中定格的、无法超越的《新白娘子传奇》。

这部原汁原味的古装剧，由端庄典雅的赵雅芝演白素贞，叶童反串饰演许仙，它根据中国家喻户晓的传说故事《白蛇传》改编而来。剧中古典人文气息浓厚，无论是演员、配音、服装造型还是法术特效，堪称当时的典范。整部剧色彩鲜艳，人物细腻，画风制作唯美，故事情节跌宕起伏，在剧情中贯穿了黄梅戏曲调，美妙动听，这种边说边唱的表现形式，令人耳目一新。

《新白娘子传奇》一度掀起全国"白蛇"热，风靡海峡两岸，堪称经典中的经典，在观众心目中，白素贞的形象早已深入人心。"千年等一回，我无悔啊，西湖的水，我的泪，我情愿和你化作一团火焰"和"有缘千里来相会，无缘对面手难牵。十年修得同船渡，百年修得共枕眠"的歌词一时间传唱大江南北，歌曲磁带、画报成为最炙手可热的商品。

《新白娘子传奇》给那个时代的人留下太多美好回忆，也成为我年少时不可或缺的记忆。有情有义、美若天仙的白素贞，成为女孩子游戏时争相模仿的对象，将头发歪歪扭扭地梳一圈，披上纱巾，举手投足间，兰花指若隐若现，配上咿咿呀呀一阵说唱，乐此不疲。赵雅芝也一跃为全民女神，甚至影响了几代人的审美观和择偶观。

这些曾经追过的"神剧"，细数重温起来，恍惚间仿佛又回到当年，让人不免唏嘘时光飞逝。

经典依旧，追剧人却早已不是当年的自己。所谓经典，是经得住时间的考验，成为几代人的深刻记忆，不被淹没于时代的潮流中，无处可寻，而是时隔多年以后，再度提起，依旧有其广泛的影响力。

四

四季流年

春日里的一汪绿水，夏日里的蔽日林荫，秋日里的蒹葭苍苍，冬日里的遍地风霜。任凭四季流年，岁月过往，早已悄悄在我心里撑起一世荫凉。

# 春　生

　　家乡位于安徽省东南边陲，长江三角洲西缘，江、浙、皖三省交界处，春秋时属吴越，战国时属楚。境内丘陵此起彼伏，河湖星罗棋布，青山绿水交相辉映，是典型的江南鱼米之乡。

　　我出生的小镇位于县城往北约五公里处，214省道径直穿过街道正中心，道路两边的居民住宅大都是半居住半商用。小镇人口不过数千，都是土生土长的，民风淳朴、邻里和睦、恭谦礼让，甚至祖上数代都彼此友好。

　　计划经济时期，小镇上有供销社和粮站，除了这些单位的老员工，以及镇上教师是非农户，镇上大都是半农半商的人家，家里要么是女主商男务农，要么是农忙时一起务农，农闲时一起经商。

　　每年一立春，小镇的天气开始慢慢变得暖和起来，温暖的阳光普照着孤寂了一冬的树木，黑黢黢、光秃秃的树枝上，像是被催生了似的，冒出一颗颗米粒或豆粒大小的绿芽。不过三四天的工夫，小芽苞们跟赶着比赛一般，渐成叶形，在返青的枯枝上分外惹眼。

　　穿过位于后街西边约五十米的深巷，是一个碎石子和煤渣铺成的下坡路，有两个水塘，水塘西边是大片菜畦，菜畦西有条半米高的环形圩埂，圩埂后面是望不到头的庄稼地，镇上居民耕种的田地大都是在这里。

坡路两边稀稀拉拉种了柳树、杨树、泡桐，坡路下去向左拐弯，直走，有一条泥巴铺成的东西向小道，南北两边各有一面长方形水塘，是一副挂在鼻梁上的眼镜的形状。北边的叫大塘，是生产队的养鱼塘，在小镇通自来水之前，周边的住户大都在这里淘米、洗菜、洗衣、担水。水塘边的水跳是一块块半人长的扁平青石，长年累月的踩踏和日久经年的捣衣，使石面光滑无比，宛如镜面。

大塘东岸有条约一米宽的碎石路，一排成荫的杨树和楝树长在水塘边，粗壮的树根裸露在岸边，盘根交错，在水里投下成排的倒影。水质清冽，细软的水草在水底招摇，浅水处的石块上绿油油的青苔清晰可见，终不知是树荫映绿了池水，还是水草荡漾了清泉，春日里一汪池水绿盈盈。

水塘过去，仅有一户民宅，三间黑瓦白墙的平房，掩在绿树丛荫下，平房的一隅，一间低矮的厨房顶上，砖块砌成的方形烟囱直直地伸向空中。夕阳西下，天边的余晖映红了半边天，袅袅升起的青烟，在房屋的脊梁上空盘旋，渐渐散去。在地里劳作的人，每每看见远处的炊烟，便停下手里的活，准备回家。

炊烟映斜阳，青水绿意长。小镇的春天一直印在我的脑子里，从初春到隆冬，从年少到而立。

阳春三月，雨水渐渐多了起来，随着天气的变暖，树木花草赶着趟地生长。沉寂了一个冬日的野草，眼瞅着抽出长长的芯，长出娇小的花苞，在田间地头傲然挺立。池塘边的树也是，几场如酥小雨一滋润，绿荫已能蔽日。

"雨打江南树，一夜花开无数。绿叶渐成阴，下有游人归路。"想必这也是我离家数年，始终梦萦小镇的原因吧。

一进入四月，圩埂西边的田地，俨然一片油菜花海，齐刷刷的绿色菜薹上，顶着串串黄色的花蕊，直直地伸向空中。站在圩埂上放眼看

178

去，像一块巨大的金色地毯，田亩间纵横交错着野草蓬勃的田埂，仿佛地毯上横竖交叉的绿色经纬线，一切是那么浑然天成，堪称一幅精美的艺术画面。

春风和煦，油菜花随着微风轻摇，走近去看，这薄得近乎透明的四瓣小花，看似娇嫩、柔弱，簇拥在菜茎的顶部，却开得毅然决然，承受阳光雨露的同时，也无声地接受狂风暴雨的洗礼。单一无杂色的黄色，朴实无华，美得自然，虽没有牡丹的高贵、玫瑰的迷人，却组成春季里、天地间独一无二的梦幻世界。

花香浓郁而悠远，微风徐吹，沁人心脾，闭上眼，深吸一口气，那丝丝香气便悠悠地钻进鼻孔，在鼻腔间盘旋，从齿畔经过，在喉咙里停留，身体的毛孔都情不自禁一一张开，贪婪地深吸，生怕辜负了自然、迷人的花香。

喜欢油菜花，还因为花海里随处可见斑斓的蝴蝶和蜜蜂。我小时候看见停留的漂亮蝴蝶，常忍不住蹑手蹑脚地钻进花丛去捉，待走到近处，小家伙警觉地振翅逃离，飞入黄花无觅处，留下我一脸傻蒙地站在花海里，浑身沾满了鹅黄色的花粉。

屋前斜对面有块院墙，老式的黑砖泥封，时间久了，砖缝间泥土脱落，生出空隙来，变成了野蜜蜂的临时巢穴。我学着哥哥的样子，将空墨水瓶洗净，里面塞些油菜花，将瓶口对准蜜蜂巢，找根小木棍，用木棍在洞里轻轻一阵捣，蜜蜂刚一飞出时，迅速用瓶口对准，将其收入瓶中。蜜蜂在瓶里也不委屈，被好吃好喝地伺候着，甚至到后来打开瓶盖，它也不愿意飞出去，这是童年时期最难忘最得意的"捉蜂记"。

菜畦中随处可见长得像油菜的绿叶菜，中间顶着高高的花茎，在开花前，掐掉茎的嫩头，我们称之为菜薹，是可以吃的。将锅烧热，倒入香油清炒菜薹，味道清淡爽口，是春季餐桌上家家喜欢的时令蔬菜。

说到春季的美蔬，不得不说春笋。

"头角崭崭露，江南四月时"，春雨过后，春笋纷纷破土而出，有笋肉厚实、拳头粗细的毛竹笋，剥开笋衣，切片，焯水，和五花肉一起炖煮，味道鲜美，但我最爱吃手指粗细的小竹笋。市场上卖的小竹笋是半加工过的，已经剥去了笋衣，焯过了水，用水养着，几块钱一斤。买回来将笋肉撕开，洗净，切成丁，烧肉，成为我最难忘的家乡菜。在省城生活的这些年来，母亲每年总不忘买上小笋，想着法子保鲜带给我，把它放在冰箱里，想吃的时候随时就有。

香椿作为一种长在树上的野菜，在春季也很受欢迎，它是香椿树在春天刚冒出的嫩芽，在老家被称为香椿头。市场上，别的菜都是按斤售卖，唯独香椿被捆成精致的一小把，整齐地摆放在最显眼处，叶秆红绿相间，极为好看。许是物以稀为贵，许是香味的特别，香椿虽然价格不菲，但销售得却很好，每天的早市上都是很快售罄。

每年香椿嫩芽刚冒出的时候，味道最好，稍老一些的口感便大打折扣。父亲很爱吃香椿，母亲常常在香椿上市之初，买回两把，洗净，焯水，或用开水烫一下，那奇特的香味便在厨房四溢。奇怪的是，烫过之后的香椿味道基本不受影响，切成碎末煎鸡蛋是一道极美味的佳肴。

当年，外婆家屋后有一棵香椿树，春天的时候，我和表哥一起采过，他像只猴一样"噌噌噌"爬了上去，将有嫩芽的枝折断扔下来，我在树下接着。外婆觉得这样对树的伤害太大，让表哥找了个木棍，在棍子前端绑把小刀，对准长嫩芽的树枝，轻轻一用力，香椿便落了下来。我用衣服在树下兜着，高兴地跑来跑去，那种快乐远胜过吃香椿的感觉。

在春日里肆意生长的，除了田间地头的各种野草野花，还有我雀跃、飞扬的童心。平日里上学我很喜欢从路东那条大河埂走，沿路的坡道上长满了茅草，茅草在春天里冒出的嫩芽叫茅茅针，是可以吃的。撕开绿色的草皮，一条细细软软的花穗露了出来，放进嘴里轻嚼，*丝丝甜*

味，糯糯的。茅茅针成熟后，花穗长成白色芦花，在河埂两边迎风摇曳，恣意生长，见证每一天的日出日落，不厌其烦地迎来送往。

从街道入口，位于河埂的西段，长着两排桑树，那是附近养蚕人家特意种下的，树冠被修剪成了Y形。原本光秃低矮的树枝，一入了春，眼瞅着桑叶从硬币大小的黄色叶芽，一天天长大，最后成了巴掌大小的叶片，油亮鲜绿。

当然，我感兴趣的不是谁家养蚕，也不是桑叶长多大。每年四月份，桑树上结满了青色的桑果，一小粒一小粒的小果泡聚集在一起，吊在树干和枝叶间，微风一过，轻轻颤动，忍不住摘一颗，酸涩难咽。稍晚些，绿色的桑果渐渐变红，每天放学路上，我都要翘着脑袋，将脸伸进桑叶间寻找桑果，昨天刚发现有颗半绿半红的，今天就找不到了，一阵懊恼。偶尔能摘到一颗红色的桑果，塞进嘴里，用牙齿将小果泡一粒粒分开，咬碎，齿畔溢着浆液，酸酸甜甜，那种愉悦的心情能维持一整天。

"茅檐低小，溪上青青草"，童年的记忆中，小镇的春天是惬意的，万物复苏，生机盎然，大自然以广博的胸怀，倾其所有，赋予每个人一样的美。

那时候的我，每一天都很快乐，这种快乐简单而幸福。

心无杂念，至简单，最快乐！

# 夏　长

　　小满一过，农事渐渐多了起来，小镇也变得日趋繁忙。男人们拿着农具，每天日出而作，日落而息，路上遇见，彼此寒暄几句，说的也大都是今年的庄稼长势和预计收成，随后便各自走开，身影定格在自己家的田间地头。

　　油菜花谢掉后，成片的金黄又恢复成绿色，高高的茎上缀满了长条形的荚果，颗粒饱满，圆鼓鼓的，从外面依稀能看出里面菜籽的轮廓。油菜不像其他农作物，要到叶黄果熟后才能收割，而是趁着枝叶泛绿之际，就要终结其生命。

　　每逢收割的季节，大片的油菜株在镰刀的挥舞下纷纷倒地，分成一小堆一小堆，整齐地排在田垄上。五月的天气已经很燥热，在烈日的暴晒下，短短数日，绿色的油菜秆便被晒成枯黄色，荚里嫩黄的菜籽也变成了深褐色，此时的油菜才算真正成熟了。

　　打油菜，是将地里的油菜籽从秆上打落，收回家。人们在平地上铺一整张红白条纹的塑料布，将成堆的油菜株轻轻抱起，根朝外，在塑料布上摊好，放平，用连枷将荚壳敲碎，一粒粒黑亮的菜籽迅速蹦出来。

　　连枷是一种农具，长竹竿的把手，前端有一个可活动的用细竹捆成的竹笆。操作的时候，高高抡起长把，向后一甩，手腕处用力，顶端的竹笆在空中划出一道优美的弧线，重重落在油菜秆上，随着"啪啪"的声音有节奏地响起，整个动作如行云流水般，一气呵成。

荚果纷纷被敲成两半，不一会，塑料布上就有了厚厚一层大小均匀的菜籽，将手伸进去，会感到一阵温热。捏起一粒，小心地放在手掌心，用指甲将其碾平压碎，黑褐色的表皮绽开，透出黄色的内芯，用力一挤，渗出明晃晃的油脂来。

此时的田埂畔上最热闹了，蒲公英已经开花，蝌蚪长成了青蛙，在地里乱蹦，紫色、粉色、黄色、白色的各种小野花，随处可见，天气也不冷不热，非常适合玩耍。放学后，我常打着给父亲送水、帮忙的幌子，寻一处僻静干净的田埂躺下。路面上的泥土几乎被疯长的青草盖满，厚厚的，软软的。我左腿屈膝，右腿跷起二郎腿，随手抽根草芯斜叼在嘴边，两只胳膊枕在脑后，仰面看着天空。蓝色澄净，无一丝杂质，周边溢满淡淡的青草味，我非常享受这种惬意的时光。

太阳渐渐偏西，散发出柔和的红色光芒，晚霞渐起，父亲看不见我，时不时地唤一声我的乳名，我有一搭没一搭地应着。不时有一两只布谷鸟从眼前快速掠过，待其身影在视线中消失后，耳边传来"布谷布谷，快快播谷"的声音，我常常将它翻译作"光棍好苦，光棍好苦"。

偶尔，天空有个微小的白点缓慢爬行，后面拖了一条长长的白色烟带，随着白点渐行渐远，后面的带子也变得越来越宽，在晚霞映照下，发出微红的光。

我知道那是飞机飞过，它从哪里来，要往哪里去，这些都与自己无关，我像是置身于一个完全自我的世界。对我来说，眼前一切是小镇，小镇便是全世界，每一天过得无忧无虑、无欲无求、无所畏惧，从没有思考过人生与将来。

油菜收完后，紧接着开始准备夏播事宜。

所谓夏播，也就是夏季播种，庄稼上的活则是插秧，秧苗是提早在水田里下好的，待到割油菜的时候，秧苗大都已经长到寸把长。

待菜籽全部打回家后，人们开始打水泡田，水要齐到田垄，泥土泡软后，开始犁田。那时，人们还是用最原始的办法，一头牛在前面缓缓地走，身上架个三角犁，后面的人将裤腿卷得高高的，一手扶着犁把手，一手拿着鞭子，"哟嗬——哟嗬——"催促牛往前走。

泥土翻好后，把犁换成耙，将大的土块弄碎、整平，这样才能插秧。水田做好后，一道道绿色的田埂隔着，阳光下，水面泛着波光，远看像一面面不规则的镜子。

插秧的时候，大都是相互熟识的人，轮流帮忙换工，三五个人一起，甚至更多，由一个人专门拔秧苗，拔好的秧苗用草扎成一把一把的，挨个往水田里扔去，保持固定距离。插秧的人光着脚，按列排开，每人负责一个纵队，按同一方向从前往后倒着插，秧苗插下去的时候，前后左右要对齐，每次拈两至三棵，将根部往软泥里一揿，能立住就可以了。

我没插过秧，但曾经光脚下过水田，当脚底轻触上软泥，啧啧啧，那种软糯湿滑的感觉，记忆非常深刻。在水田里根本无法走快，一脚下去就是一个深陷的脚印。水下，脚丫子与泥亲密接触时，如同真空状态，每走一步都要拔一次脚，且踩下去的脚窝是不会自动填平的，另外加上水的阻力，在水田里走路的艰难程度可想而知了。

小时候，有一次觉得好玩，忍不住下去踩两脚，前脚迈出的时候，后脚还没从泥里拔出来，一下子坐在水里，整个屁股跟尿了裤子一样，被打得透湿。父亲跟拎小鸡一样将我拎了起来，扔到旁边田埂上晒着去。其实水田里有危险的生物水蛭，就是专门吸人血的蚂蟥，这家伙是软体，原本身体很小，吸饱了血会变大，插秧的人光着腿，常常会被叮咬得出血，还毫无感觉。

插完秧苗后，远远望去，一大片平展的田里泛着水波，歪七竖八地躺着根根绿色，像是初生婴儿头上还未长齐的毛发。秧苗从栽种到存活，再到长大，是一刻离不开水的，水稻水稻，真的是无水不成稻。

水稻天性喜高温多湿，随着天气渐渐炎热，舌形的叶片抽长，秧苗也长粗长高，植株间的空隙渐渐被填满，颜色也由浅绿变成深绿。

这时候稻田里最热闹了。记得小时候，我常趴在田埂上，看见稻株空隙里有田螺，大的有鸡蛋那么大，最小的也有蚕豆大小，半裸着身体，或吸附在秧苗上，或在湿漉的泥土里缓慢爬行。有时还能看见黄鳝在水里游，我向来分不清蛇与黄鳝，但凡看见曲线形快速游过来的动物，总是吓得哇哇大叫。

说到江南的夏天，不能不提莲。

出淤泥而不染的莲，除了自古以来被文人们赞美之外，也是南方特有的美食。莲喜水，整个生长过程都离不开水，叶大而圆，水面上伸出一个长柄，叶脉的中心与叶柄连接，并且有很多通气孔。叶片刚长出时是卷的，随后张开，叶子上面有一层绒毛一样的东西，水落到上面自然变成水珠，可以随处滚落，非常好玩。

盛夏的时候也是莲生长最旺盛的季节，站在水塘边，被烈日蒸发上来的水汽弥散在空气中，异常湿热。又圆又大的莲叶间，常常挺立着或粉或白的荷花，粉嘟嘟的，"娇羞欲语，盈盈欲滴，像是欲说还休的少女，美艳动人。用"清水出芙蓉，天然去雕饰"来形容，真的是一点也不为过。

莲叶可入药，荷花谢掉后，长出圆形的莲蓬，莲子和莲心均可食，也可入药。关于采莲，自古就有此习俗，最脍炙人口的莫过于"江南可采莲，莲叶何田田，鱼戏莲叶间"。等到秋季，"香销翠叶残，风起绿波间"的时候，便是莲藕收获的季节，藕是莲的地下茎，是江南人家餐桌上最常见的时蔬。

荷花虽美，莲子再甜，我也只能望之兴叹，常常只有流连池塘边的份。不过我曾在大中午，趁地里没人的时候，忍着快要令人窒息的湿热，趴在塘边采一片荷叶，顶在头上，乐得屁颠屁颠回了家。到家后，兴奋地往荷叶中间滴入水，看着水滚落成珠，在叶子中间荡来荡去，开心地玩了一个下午。

除此之外，盛夏里，菜地里也是热闹异常，碧绿的菜畦中，满满都是长势喜人的蔬菜，各种瓜果蔬菜像是暗地里比赛一样，竞相生长。

嫩绿的黄瓜全身是刺，顶着黄色将要凋谢的花，挂在藤架上；长条的豇豆挂得一条条，像吊在空中的绿绳子，随风荡着秋千；紫色的茄子、红色的番茄、绿色的辣椒，像一个个小灯笼，怕晒似的，挂在叶下。丝瓜藤处处攀爬，将用细竹搭的三脚架围得严严实实，嫩嫩的丝瓜顶着大朵黄花，在阳光下肆意生长，掀开手掌大的叶片，里面常常躲着一两根已成形的丝瓜。豌豆藤上也结满了鼓鼓的豆荚，像是要绽开了似的。母亲将整个豌豆荚洗净，放在锅里，用水煮开，快熟的时候加点盐，吃起来，一股豌豆的清香，甜甜糯糯，成为童年时难忘的美味。

夏天的早晨来得格外早，太阳还没出来，整个小镇就笼罩在一片晨曦中，空气凉爽而清新，街道上，来往担水的、捣衣的人川流不息，赶早市的，早已在对面路边一溜排摆好摊，卖的都是时令蔬菜，简直就是一个鲜活的菜园子。

夏日我每天起床后第一件事，就是手里攥着零钱去买红薯，睡眼惺忪地站在马路边，来来回回地找小木桶。木桶上搭了条毛巾，掀开，里面是热烘烘的煮红薯，这一幕已经成为我儿时最深刻的记忆。专挑个头又大又圆的，跟抱着宝贝似的，兴冲冲地回家，迫不及待地咬一大口，嚼几下，粉粉的，面面的，囫囵咽下，噎得脖子伸老长。

屋后的小院里，美人蕉开得正艳，绿色的大阔叶片，鲜红欲滴的花冠；一旁的牵牛花早已将藤蔓爬满了整扇窗户，心形的叶片重重叠叠，俨然一堵绿色的墙，或紫或粉或蓝的花朵像一个个张开的小喇叭，挂满了墙，每天清晨花开，傍晚花谢。

　　太阳渐渐升高，越来越像个大火球，不遗余力地散发着热量，将整条柏油马路炙烤得滚烫，路面的黑色柏油被晒得软了，驶过的汽车扬起的灰尘和尾气不断涌进家里。

　　廊下的旺财将四肢贴在水泥地上，伸出舌头，慵懒无力地睁只眼闭只眼小寐，知了在房前屋后的杨树上，不知疲倦地鸣叫着。这种午后，我大都趴在家里最宽的板凳上，看着我的小人书。

　　夏夜，小镇结束了喧嚣，归于平静，漆黑如墨的天幕上挂满了点点繁星，我躺在门口的凉床上，寻着牛郎星织女星，奶奶在一边用蒲扇为我驱蚊。

　　此时的我，内心至空又至满，没有一丝俗念、烦扰，夜风拂过，睡意渐浓，梦里满是流萤乱飞。

# 秋　　收

立秋在每年的八月中上旬。

一般，母亲早早地将日历翻到那一天，折起来做个记号，并记下立秋的具体时间，提前将买好的西瓜外皮洗净，放在桌上，全家人各自都停下手里的活，围坐在一起，掐好几点几分，将西瓜提前给切了。

等到立秋的那一刻，每人手里抱块西瓜，孩子们都不说话，埋着头啃，生怕错过了时钟上长短针指着的数字，那一刻，神圣而紧张。

这是民间习俗，就是所谓的"啃秋"。据说立秋当天吃西瓜，可以将体内积攒了一个夏天的热毒排掉，而且秋冬季节不会再拉肚子。这也是一年里最后一次吃西瓜，因为立秋过后，天气早晚变凉，吃了凉的东西对身体不好。

即便过了立秋，三伏天也还没有结束，所以"秋老虎"也是常有的。听大人们说，这个时候是要热的，水稻正处于抽穗、扬花期，紧接着灌浆、成熟，而这个生长阶段，必须在高温天气中才能完成。

随着天气一天天转凉，原本绿色的禾苗渐渐变成枯黄色，稻穗也变得饱满、鼓胀起来，沉甸甸的，从近一米高的秆上坠下来，像一个个弯腰的老人。

此时农事渐少，稻田的需水量减少，不像生长期那样要三天两头抽水灌溉，除了病虫防治，基本没有多少事。清晨和傍晚，大人们大都背着手，去田间地头巡视一遍，眼看着丰收在望，心情也大好，遇上熟识的人，简短地聊会天，话题由水稻收成到年景琐事。

白天的小镇，街道两边商铺里的人，三三两两络绎不绝，不像七月盛夏时期，整条街道几乎看不到一个客人，来往穿梭的身影大都是女人和老头。

一到天凉换季，女人们便口袋里揣着钱，三五成群地钻进布店里，看着柜台前一长排挂满的各色布匹，比画、嘀咕着；扯上几尺喜欢的，直接送到隔壁的成衣店；站好，由师傅一阵前后上下地量尺寸；从成衣店出来后，顺便到市场买点菜，便一路说说笑笑，急匆匆地赶回去做饭。

秋后，天终于凉快了，憋了一个夏天不出门的老头们，早已按捺不住，每天一起床，抹把脸就上街来，径直不打弯，就到了我家对面的茶馆。

茶馆是敞开式的两间门面，整面墙的门框，老式门板已被拆了堆放在两边，茶馆主人一边招呼着客人，一边忙着烧水、泡茶，里里外外，忙前忙后。

渐渐，茶馆里的人越来越多，四张八仙桌，老头们三五个人围坐在一起，将水杯里的茶叶放得老厚，生怕喝不回来一块钱的茶位费似的。

开水将茶叶泡开，大粗叶片渐渐伸展开来，沉入杯底，浓酽的茶水呈深琥珀色。围坐在一桌的老头们，各自手捧着茶杯，趴在桌上，手里夹了根烟，眯着眼睛，在嘴边吸一口，吐出，烟雾袅袅腾起，不缓不急地接过旁边人的话题，开始大声说着话。大都是添油加醋加上生猛海吹，说到激情四溢处，唾沫星子直溅，声音也一浪比一浪高，一定要压过对方，感觉房顶都要被掀掉似的。觉得口干舌燥了，便低下头，用嘴对着茶杯口，"滋——滋——"，喝口茶润下嗓子。

渐渐，集市上热闹起来，买与卖的人越来越多，老头们就近买好早点，吃完，四人凑成一桌，开始打起扑克牌或麻将，一毛钱一局，输赢无关痛痒，只是聊以打发时间。

中秋一过，位于小镇西边的稻田里，放眼望去一片金黄。放学后，我喜欢沿着西边的圩埂走走停停，微风吹拂，稻穗轻轻摇曳，送来一阵阵禾苗香。圩埂的东侧是一条浅浅的沟渠，沿路长了稀稀拉拉的芦苇。白色的芦苇花突兀挺立，被风轻轻吹成弧形，在秋日的夕阳下显得寂寞苍凉。

随着夜幕降临，白天温热的天气骤然变冷，脚下的草地上渐渐有了湿意，白露时节，每天早晨可以看见草叶上挂着明晃晃的露珠。远处的天空中，偶尔有排成"人"字形的鸟飞过，蓦然想起南归的大雁来。

稻禾香飘芦花扬，大雁南飞秋露降。

儿时记忆中的秋日傍晚，被笼罩上一层浓浓的乡愁。在离开小镇的时日里，乡愁日久经年，发酵成融入骨髓的思念，至今想起这一幕，内心仍升起丝丝温情，突然发现自己也变得词穷。

喜欢初秋的细雨，丝丝绵绵的，落地无声，走在雨中，过一会，头发丝上沾满细小透明的水珠，那种凉凉的惬意，直沁人心脾。

经历了炎炎夏日的酷暑，格外珍惜清凉宜人的秋季，四季更替中，一直独爱深秋。

眼见成熟的水稻，却是最害怕这种秋雨绵绵的天气，成熟期的水稻秆变脆变软，秋雨一泡，很容易连株趴下，且一倒就是一片，遇上晴好天气，人们都跟赶抢一般去割稻。在收割机普遍使用之前，都是人工收割，大人们一手握紧稻株底端，另一只手拿一柄弯月形的锯镰刀在底部轻轻一划，然后将割倒的数株水稻摞在一起，按同一朝向，整齐地码成小堆。有时一块田里，三五个大人同时钻进去，随着人形移动，站直的稻株齐刷刷被割倒趴下，从远处看，很有推倒多米诺骨牌的感觉。

这个时候，很多栖息于稻田里的动物便无处遁形，四散逃离，比如蛇。可爱的红姐当年就曾经将一条蛇当作黄鳝，撒腿追了二三十米远，旁边人不解，问："小红，你追蛇干吗？"

"啊?! ……"红姐脸色突然大变，伴随着一阵哇哇乱叫，扭过头去，以追时速度的两倍，撒腿就往反方向跑。

割完稻，紧接着是脱粒。脱粒机是生产队公用的，带电作业，人抱着稻株下端，将有稻穗的一端伸进滚筒里，不一会，稻谷连着稻草被脱落，附近堆满了随手扔下的稻草秆，一片狼藉。那时候镇上居民大都有大灶，稻草秆也不浪费，待到晾晒干，便成扎地捆好，在屋前屋后堆高，垒成或圆或方的柴垛。

另一边的空场地上，女人和孩子们早已等待一旁，男人们将刚脱粒的水稻运过来后，便开始筛，用一个两米长、一米宽的长筛，两个人各执一端，进行分筛。碎草被去掉，剩下的都是黄灿灿的稻粒，摊开，接连翻晒数日，直至摸起来干硬，嗑起来嘎嘣脆，才将稻谷收回家，堆在早已收拾好的粮仓里。而场地上一边的秕谷和碎草被拉回家当柴火烧，可不要小瞧这秕谷和碎草，它们在灶膛里燃烧的时候，可是烤山芋的最佳燃料。

金秋十月，大多数农作物都到了收获的季节，包括山芋。原本鲜活的藤叶渐渐变蔫后，埋于土下的山芋一个个都成熟起来，将泥土松开，底下的山芋露了出来，块头大小不一，浅红色的皮。它们像一个个调皮的精灵，你永远不知道下一个藏在哪里，在不停地挖中充满了奇趣。

母亲做饭的时候，早早地选好一块山芋放在边上，灶膛火一点着，就扔进去，埋在柴火下面，抓一把秕谷撒进去，秕谷燃烧的火不大，但更持久。很快，山芋由红变黑。添柴烧火经常由我来做，我表面上是干活，其实心思完全在山芋上，用火钳不停地敲打、翻看着。山芋一直很硬，直到饭煮好，把它从黑灰里扒出来，按一按，也没见有多软，索性再扔进灶膛里不管了。

　　再想起山芋时，已是临睡前，我以迅雷不及掩耳之势，一个箭步跨进厨房，将它从灰里扒出来，"啪嗒"掉在地上，外皮已经变得漆黑且脆，用手指按一下，有一层像炭一样的东西脱落下来，完全是烤焦的节奏哇。

　　不管三七二十一，在中间处掰断，从横截面看，炭化的部分差不多占了三分之一，但里面的心还是黄色的，冒着一丝丝热气，香味扑鼻。我一阵狼吞虎咽，消灭精光，两只手，以及鼻子和嘴边都是一层黑炭，俨然一只小花猫。

　　整个十月，小镇笼罩着忙碌而愉快的气息，人们一边满足于当年的好收成，一边马不停蹄地准备即将到来的播种。但忙碌是大人们的，对孩子来说，有的是过不完的快乐时光。

　　初秋的早晨，天空湛蓝而澄净，浮着丝丝缕缕的白云，整个天幕被简单而纯净的蓝、白两色充盈着，清澈而恬淡。一弯来不及退去的白色下弦月，若隐若现地斜挂在天上，东边，太阳还没有升起，小镇俨然刚从沉睡中醒来，一副睡眼蒙眬的模样。这样的晨，幽静而恬美，气爽而清凉，行走在熟悉的乡路、小径上，内心都是踏实、妥帖的。

　　沿着石拱桥一直往西走，是条蜿蜒的河埂，河床不宽，能清晰地看见对面的村庄。平坦的河滩上开着各色小野花，水牛悠闲地在河滩或吃草或静卧，长长的牛尾甩来甩去，身边绿蝇乱飞。细长的白鹭立在牛背上，翘起头，警觉地观察四周，忽然腾空而起，消失在视线里。

　　河边偶见三两户人家，竹篱茅舍掩映在浓郁的树荫下。农舍一边是菜地，整齐的菜畦里满是秋意；碧绿的韭菜、紫色的扁豆、黄色诱人的大南瓜、横七竖八躺着的冬瓜；屋后一棵柿子树上，已经挂满了金色，在朝阳升起的秋日里，和袅袅的炊烟一起，组成一幅精美绝伦的画卷。

　　这便是我一直深藏于心的小镇秋日，充满浓浓的秋意和丰收的愉悦，大人充实而忙碌，孩子开心又自由。

　　随着时间流逝，年龄渐长，记忆的画面不仅没有在脑海里淡化，反而越来越清晰，"流水窗前绕，行云梦里过"，终究成了挥之不去的情愫和冀望。

　　或许，这便是乡愁吧。

# 冬　　种

立冬，便意味着正式进入冬季，这时已是每年的十一月上旬。

小镇位处江南，即便过了立冬，天气仍像是深秋，冷暖适宜。太阳像是被隔了层透明的薄膜，落在人身上，总觉得少了一丝犀利和锐气，变化最明显的莫过于草木。

田畔和塘边的野草像是约好了似的，一个个由碧绿到黄绿，再到枯黄；沟渠里的芦苇，齐刷刷地顶着紧密簇拥的芦花，高高的苇秆在夕阳映照下，发出耀眼的金黄色。

整个夏秋季都荫翳的落叶树，叶子也开始渐渐变黄变枯。

纤细柔软的柳叶，成了草绿甚至黄绿色，散落在树下的草丛里，落入池水中，被水波荡到岸边。落叶裹挟着白色的泡沫，在水面漂浮，树上只剩下光光的柳条，随着风微微轻摆。

大塘东岸的楝树上挂满了白色炸开的果子，几片长有黄斑的树叶，还在枝头上留守阵地，其余几乎落完，整棵树变得光秃秃。楝树果可是用来打弹弓的好子弹，小时候哥哥常爬上树去采，或拿根长棍敲，我在树下忙前忙后地捡，开心无比。

粗壮的梧桐树上，吊挂着稀稀落落的悬铃，一个个青黄色的小毛球掩映在已经发黄的阔叶片下，风吹过，来回轻摇，像是荡着秋千。最怕寒风簌簌的冬夜，风雨过后，梧桐树下落满金黄。

北方一入冬，冷空气袭来，天地间变得干燥而寒冷，农事搁置，敛藏不露，蓄势待发，是谓冬藏。

南方秋末冬初的季节交替时，却正是农忙的时间。水稻收进粮仓后，开始翻地，稻田被水泡了一个夏天，变得板结不堪，要用犁翻耕后才能播种。分好田垄，将大块泥土敲碎，手执一个 Y 形木把手做成的"神器"，按前后左右均等的间距，开始打凼，"神器"下面是个圆锥形的铁疙瘩，往泥地里一摁下去，一个自然光滑的小窝就形成了，准备工作全部结束后，开始种植油菜。

记得小时候是往窝里挨个撒油菜籽，撒种的缺点是发芽率不好控制，有的一个窝里发芽太多，有的窝里一棵没有，而且撒种发芽生长慢，遇上寒冬，油菜有冻伤的危险。

后来换成栽种，单独开辟一块地，油菜秧苗提前撒播好，等到秋收完，油菜秧已经长到快一拃高。田垄和窝做好后，开始拔秧撒苗，每个窝里栽一至两棵，成活率很高，后面基本上不需要补种，油菜全部栽完后还要引水灌溉。

冬天的油菜，从栽种到存活，需要花费大量的时间和人力。在寒风乍起的冬日，人们被风吹得鼻涕"吸溜吸溜"往回缩，两手冻得僵直，发麻发木，蹲在田垄上一个窝一个窝地放上油菜苗，培好土，压实，上好肥料，全套动作一气呵成，如此循环。此时，人身处广阔平坦的田野，冷气从腰背、颈窝、脚踝钻进身体里，整个身子除了心脏附近是温热的，其他部位都是凉冰冰的。

小时候种油菜时，虽然我总是以"打酱油"的身份出现，在边上跳来跳去扔秧苗，但也足以让我记忆深刻。

随着时代发展，农业逐渐迈入机械化，种油菜因为太耗时耗力，逐渐被淘汰，冬种作物改为小麦。

说来搞笑，我竟有过一段时间，傻傻地分不清韭菜和小麦，每每看见田里一长垄绿色的青苗，心里总嘀咕：谁家种这么多韭菜，怎么能吃得完啊？

一次母亲带着我，姨妈带着表弟，一起去吃满月酒，走到麦田旁边时，我大声叫道："哇！好多韭菜！"

小我一岁的表弟满脸不屑地说："那是麦子！"

"不对，是韭菜！"

"是麦子！"

"韭菜！"

"麦子！"……

说起当年的一幕，母亲至今戏谑中带着微笑，而我脑海里对当时面红耳赤的争执也有着深刻的印象，所以看似知晓农事的我，其实打小便是五谷不分的人。

冬小麦种植很有讲究，南方气候温暖，土壤多湿，不能太早播种，否则长势过于旺盛，导致叶面过大消耗养分，且长得太快茎秆脆弱，后期很容易倒伏，还有就是长势过快易遭受病害，所以冬季拔节太高，再遇上雨雪天气，如此一来，来年减产就是必然的了。

"西北风袭百草衰，几番寒起一阳来。"冬至过后，地面散失的热量大于接收的热量，出现"入不敷出"的状况，积热少，温度自然低，天气便越来越冷，加上冷空气频繁、猖獗，更觉寒冷。

俗语说"夏有三伏，冬有三九"，指的是一年中最热和最冷的天气。冬至日是"数九"的第一天，民间关于"数九"的歌谣："一九、二九不出手，三九、四九冰上走，五九、六九沿河看柳，七九河开，八九燕来，九九加一九，耕牛遍地走。"

做好农作物御寒事项后，便开始进入农闲阶段。大人们闲下来，孩子们自然更开心。小时候，母亲常将晒干的蚕豆放进锅里，用小火炒至焦黄给我们吃。抓一把放进上衣口袋，一会摸一粒，咬掉壳，放在齿间咬得"嘎嘣嘎嘣"响,一股蚕豆的清香味迅速弥漫唇齿间,溢满了整个童年。

说到冬天的美食,不能不提荸荠和甘蔗。

先说荸荠,这个号称"江南人参"的小不点,生长于水田中,可当水果,也可做菜。长在地面上的是像葱一样竖立的茎叶,到了成熟期后,长在地下的荸荠开始变得扁圆、平滑,一端有茎叶连接的蒂部,一端有短鸟嘴状的顶芽,表皮红褐色或紫黑色,肉质洁白,味甜多汁,清脆可口,是童年时难忘的美味。

我挖过一次荸荠,那是去外婆家,表哥一时兴起,拿把铁锹带我去挖荸荠,我自然积极响应。于是,我俩顶着寒风,一脚深一脚浅地往荸荠地里走,到了目的地一看,地面的茎叶已经枯死倒了一地,田里的水虽然已经没有了,但土壤仍是湿的,加上板结平滑,很容易滑脚。

表哥小心翼翼地找准位置,一锹下去,泥土翻开,我一眼便看见泥里嵌着的一个个紫红色荸荠,兴奋地去抠。表哥数锹下去,我已经捡了小半篮,那个高兴劲啊,简直比吃荸荠还要快活。往回走的时候,才感觉到冷,手上沾满了泥,也没法洗,鼻尖已经冻得通红,"呼哧呼哧"鼻子里呼出去的气迅速冷凝成了白色的雾气。

回到家后,外婆一见到我:"我的小乖乖!"赶紧打盆热水让我洗手,完了一把抓住我的手,塞到她围裙底下,贴着烘锅(一种烤火的瓦罐)暖手。

不一会,荸荠被表哥洗干净拿了过来,我一边嘴里不停地吃着,一边心里嘀咕埋怨:"为什么这么好吃的东西,非要长在冬天呢?这要是夏天去挖荸荠多好啊!"

同样好吃却偏长在冬天的,还有甘蔗。小时候,每到冬天,穿着棉袄站在檐下晒太阳的时候,马路对面总有卖甘蔗的人。每根甘蔗都有一人多高,或青皮或红皮,成捆地扎在一起,底部叉着,按同一粗细、高矮分类立在路边，从大到小，价格也从高到低。小时候虽然零钱不多，但甘蔗还是能吃得上的，那种啃一口在嘴里嚼出甜汁的感觉，现在想来都觉得过瘾。

不过甘蔗不能多吃，一是因为嚼甘蔗时口腔内容易出血泡或是破皮，二是因为太凉，吃多了对肠胃也不好，大人如此，更何况孩子。我脑海里还存有围坐在火盆边吃甘蔗，或是站在屋前廊下、晒着太阳啃甘蔗的记忆，常常是啃得下巴底下水直滴，分不清是口水还是甘蔗汁。

冬天最盼望的就是下雪了，遇上寒冷彻骨的天气，数日里阴云密布不见阳光，十有八九是作雪。终于，盐粒大小的雪子一个个从浅灰色的天幕上落下来，砸到地上又迅速反弹起来，一阵乱蹦。

"下雪咯，下雪咯！"马路上、街道里开始闪过孩子们欢呼雀跃的身影，我听到声音，会一个箭步冲到门口，歪着脑袋，看这些透明的小精灵从不知名的角落里落下，任它们打在脸上，享受微微的触痛感。

渐渐，雪子变成雪花，从小片到大片，洋洋洒洒地充满了整个天地间，忍不住伸出手去接，落在手心里迅速变成一摊水。雪天里，我常一个人傻傻地站在东边的河埂上，放眼望去，俨然一片冰雪如梦的童话世界。屡屡写作文的时候词穷，写得最多的是：大地盖上了一层厚厚的白色棉被。

春生夏长，秋收冬种，一年复一年，循环往复地演绎着小镇的诗意四季。

任凭时间从指缝间轻轻溜走，任由年轮在心里一圈圈刻下痕迹，原以为小镇的美丽会一直存在，从来没有想过它会改变，就像从未怀疑过它会始终镌刻在童年的记忆里。

直到有一天，我眼睁睁地看着西街后的两个水塘被填平，覆盖上一条崭新的公路；整齐的菜畦和水塘边一排夏日里的浓荫，被拔地而起的商品房和水泥地代替；长满茅茅针和刺苔的圩埂，以及在秋日夕阳下闪着金色光芒的芦苇，——不复存在；原本热闹喧嚣的老街，彻底安静了下来，像一个垂暮老人，寂然无声。

其实随着农业机械化的普及，小镇的农事大部分已被机器承担，人们的生活也更悠闲，原本这是社会的进步，是好事，但此刻的我，坐在这里，内心却充满了惆怅。

曾经春日里的一汪绿水，夏日里的蔽日林荫，秋日里的蒹葭苍苍，冬日里的遍地风霜，现实中已经无迹可寻，成为最美的记忆，连同童年时的自己，不管愿意不愿意，都是再也回不去的。

四季流年，岁月过往，那些挥之不去的印象，悄悄地，在心里为我撑起一世荫凉。

# 后记　看得到繁华，摸不到回忆

历时整整一百天，写完了《流年拾光》初稿，这期间，往事像泉水一样，源源不断地在脑海里翻涌。

成长，其实就是眼睁睁地看着每一个明天变成今天，每一个今天成为昨天。如今的我，看得到繁华，却摸不到回忆，那段流金岁月像尘封的内存，鼠标点击的瞬间，儿时的记忆、小镇的旧貌，皆一一重现。

都说人到中年，开始变得喜欢回忆往事，于是，从某种角度来说，爱回忆被认为是心理成熟，甚至是逐渐变老的信号。我一直是个不爱回忆的人，也不知是因为心底有意识地抵触，还是因为走了太多弯路，往事不堪回首。

相反，我常常有种错觉，已过四十不惑的自己，仍像是二十刚出头的毛丫头，心里充满激情和梦想，处变不惊地过好每一天，喜欢制订新的目标和计划，憧憬并编织着未来。

直到有一天，突然有种强烈的冲动，想记录下心灵深处那些点点滴滴的往事。那些童年的记忆、儿时的风景，渐渐在现实中无迹可寻，日久经年，在我脑子里也慢慢变得浓烈，随着年龄增长，成为内心越来越珍贵的东西。

在推进城镇化建设的浪潮中，家乡小镇的变化堪称日新月异，当年的面貌已无迹可寻。最初的小镇，只有简单的两条街道，主街是一条柏油马路，每天车来车往，扬尘和喧嚣并存，供销社、农资社、银行、邮局、茶馆、农贸市场、公社大院、汽车站等等，由南向北，分列于柏油马路两旁；后街与主街平行，但是不通车辆，镇上的糖坊、糕饼坊、粮油加工厂和税务所都在这里，两边大都是居民住户。

如今，黑黝黝的柏油路和街道早已不复存在，被灰白色的水泥路和拔地而起的商品房代替，国购广场、亚太新天地、建材城、汽贸城等极具现代化气息的商业中心，完全连起了小镇和县城。

小镇往北不到一公里，曾是上海知青下放的分流农场，如今早已成了县级经济开发区。印象中农场里的小舍、农庄、竹篱、院墙，早已被成片的厂房和笔直的水泥路代替；一座气派的国家大学生创业孵化园，矗立在省道东边；一块写着"经济开发区"的蓝色大牌竖在路的东南角。而记忆中那条直通小云家、行走间嬉戏打闹的柏油公路，已变成宽敞的双向四车道，两侧的绿化带郁郁葱葱，俨然一副城市的装扮。

犹记得，我第一次离开小镇是十五岁，独自一人到离家三百公里的省城上学。

毕业后，我被分配到县里一家国企下属单位工作，一张报纸一杯茶，成为每天不变的内容，日复一日地上下班，生活看似惬意，实则重复而单调。一年后，我像着了魔似的想要逃离这个地方，背着家人偷偷递交了辞职信。

终究是要摊牌的，临行前一周，我鼓起勇气，将辞职的事告诉了父亲和母亲，显然，他俩断然不能接受这个事实。脾气暴躁的父亲指着鼻子骂我"忘恩负义"；母亲则一把鼻涕一把眼泪，动之以情，晓之以理，希望能劝服我。

我坐在一边一声不吭，那一刻，我说什么都是狡辩，都是顶撞，都是不孝。我低头听着父亲的指责，母亲的痛哭流涕让我心酸，但是我不想就这样过完这辈子，这不是我想要的生活。我一边想挣脱这种状态，

201

一边责怪自己的行为深深伤害了父母，任凭眼泪在眼眶里打转，始终没有掉下来。

接下来的一周里，我有条不紊地做着自己的撤离计划：将积攒了一年的工资，扣除路费和两个月的生活费，其余悉数交给了母亲；将自己的行李简单打了个包。父亲一直与我冷战，不说一句话，母亲常躲在厨房唉声叹气地抹眼泪。我有过那么一刻犹豫，但事已至此，我只能继续往前。

我选择在中秋节前两天离开了小镇。那天一早我收拾完毕，提着背包将要跨出家门时，正在洗脸的父亲，一周以来跟我说了第一句话："要我送吗？"

我倔强得脸都没转，嘴里蹦出两个字："不要。"

母亲站在门外墙角处，用衣角擦拭着眼泪，哽咽着说不出话来。我停下，故作轻松，笑着说道："妈，别哭了，我走了啊，出门挣大钱去！"

脚刚踏上门口的第一道台阶，我突然觉得鼻腔里涌出一股温热，从眼角溢出，快速滴到门前的石阶上。我紧走了两步，不敢回头，任凭热泪在脸上肆意横流，没有回头，更没用手去拂。

那一年，我十九岁。

当年那种无畏的勇气，那股一腔热血和义无反顾，现在想来便是年轻吧。

离开小镇后，我圆了自己的大学梦，尝试过各种不同的职业，做过文员、区域销管、省区经理、世界五百强企业的中层管理人员，在外面跌打摸爬的这十几年里，痛过、笑过、委屈过、伤心过，唯独没有后悔过。

人生很多时候都是兜兜转转，你无法知道从什么时候开始，又会生生念着最初的生活。回头想想，故乡对我来说，从十九岁那年毅然决然迈出那一步起，便注定了这一生对她的念念不忘。

离开小镇这么多年，无论时空流转或是白发陡增，在外面活得再光鲜，或是穷苦潦倒，回到小镇，我总能迅速变回最真实的自己，没有世故，没有虚伪，没有敷衍，完全是一种游子回到母亲怀抱的感觉。卸下所有的伪装和言不由衷后，那种浑身轻松的感觉无以言表。

每次回到家，和母亲同行，街坊邻里总一脸诧异地问："这是你家老几啊？"

母亲微微轻笑，答道："晓伍！"

对方一脸诧异，瞪大了眼睛："都这么大了啊？！"

每每我总忍不住掩嘴而笑，其实我一直想知道在他们的眼里，我的变化究竟有多大。因为在我看来，他们其实都还是曾经的模样，甚至老远我一眼就能辨认出谁是谁，他们除了身形佝偻了些，皱纹多了几条，音容笑貌都还跟记忆中的一模一样，也许我在他们眼里，完全就不是这么一回事了。

随着时代的发展与社会的进步，这个记载了我快乐童年时光的小镇，也在发生着日新月异的变化。每见到一个地名，我必须睁大眼睛搜寻方位信息，同时与脑子里的记忆相结合，才能最终确认这里就是曾经熟识的地方。

那些旧时的风景和建筑逐渐消失，就像熟悉的小镇老人们也在逐年减少。不敢想象，若干年后，再回到那个出生与离开的地方，是否会有"儿童相见不相识，笑问客从何处来"的尴尬？

记忆真是个说不清的东西，明明过了很久，想起来的时候，却恍如昨日，那些伴随着我年少时的所有人与事、草与木、桥与路、风与月，至今想起，仍记忆犹新，历历在目。

写这些文章时，每次要将脑海里的记忆像抽丝一般，一点一点翻开、拉长、聚拢、重新整理，再变成流畅的文字，写完后，有种人被抽空的感觉。每每徜徉在这些篇章里，熟悉的景象在字里行间跳跃，仿佛自己又回到曾经、当年，还是那个无忧无虑、自在如风的少年。

蓦然发现，过往的记忆在现实中被拆得七零八落，细细想来，竟常有断片的感觉，原来记忆和现实之间，早已有了一道深深的沟壑，再也无法填平。

人生成长的轨迹里，每段经历都有固有的记忆，就像穿过小镇的那条长河，原本是长江支流的支流，在某一地点突然转往不同的方向，虽然出自主体，但从此独立存在，且再难交汇融合。

谨以此书，纪念那些流逝的岁月和回不去的时光。